Mr. de Robelhon Conseiller
Correctr. de la Chamb. des Cptes.

MONMONT 1973

RECVEIL
DE
PIECES CONTENVES
DANS
CE VOLVME.

ARIE ET PETVS. *a Gillet*

LES TROMPEVRS TROMPE~~ZES~~ *rotrou*

LA COMEDIE SANS COMEDIE *quinault*

L'INTRIGVE DES FILOVS.

LES RIVALLES. *Letoilles quinault*

LES RAMONNEVRS. *de Villiers*

[illegible]

ARIE

ET

PETVS,

OV LES AMOVRS

DE NERON.

TRAGEDIE.

Par Monsieur GILBERT, Secretaire des Commandemens de la Reine de Suede, & son Resident en France.

A PARIS,

Chez GVILLAVME DE LVYNE, Libraire Iuré, au Palais, dans la Gallerie des Merciers, à la Iustice.

M. DC. LX.

AVEC PRIVILEGE DV ROY.

A
MONSEIGNEVR
FOVQVET,
PROCVREVR GENERAL SVR-INTENDANT DES FINANCES ET MINISTRE D'ESTAT.

ONSEIGNEVR,

Ceux qui vous dedient leurs ouurages tef-moignent auoir deffein seulement de trauailler

EPISTRE.

à voſtre gloire ; Mais pour moy i'auoüe que
c'eſt pour mon propre interreſt, que ie vous adr
dr eſſe celui-cy, & que ie n'ay point trouué de
meilleur moyen pour conſeruer mon nom à la
poſterité, que de le mettre dans vne Epiſtre
au deſſous du voſtre. Perſonne n'a iamais eu
vne reputation ſi generalle que celle que vous
auez acquiſe, & ſi voſtre bonne fortune fait
naiſtre l'enuie, voſtre vertu luy ferme la bouche. Parmi les loüanges que l'on donne à S. E.
pour ſes grandes actions, on doit mettre celles,
de vous auoir choiſi pour vous esleuer aux pre-
mieres dignitez. Et le Roy en donnant la paix
à la France, a fait vn grand bien au Public, lors que par le Conſeil d'vn ſi grand
Miniſtre, il a voulu que vous coutinuaſ-
ſiez d'exercer la charge de Sur-Intendant
des Finances, & d'eſtre le Sage Diſpen-
ſateur d'vne choſe, ſans laquelle l'on ne peut
eſtre heureux dans la Paix la plus aſſurée,
& la plus tranquille. Les marques que
S. E. vous donne tous les iours, de ſon
amitié & de ſon eſtime, ne ſont pas vne
preuue legere de voſtre merite, il ne ſçauroit
veritablement reſpendre ſes faueurs auec plus
de Iuſtice ailleurs, que ſur voſtre Perſonne,
& dans l'approbation vniuerſelle, où vous

EPISTRE.

estes, il a trouué le secret en vous obligeant, d'obliger tout le Monde. Vos prosperitez sont la ioye de tous les gens d'honneur ; Mais le bon-heur qui vous arriue ne s'arreste pas en vous mesme, vostre douceur, vostre bonté & vostre generosité souffriroient vne extréme violance, si elles demeuroient oisiues, & vous ressemblez à celuy qui disoit, qu'il refuseroit la felicité, si l'on ne luy permettoit pas de la communiquer. Comme vous prenez plaisir, Monseigneur, de proteger les beaux arts, & les sciences, aussi bien que la vertu; I'ose prendre la liberté de vous presenter cette Tragedie D'ARIE & de PETVS. Lantiquité n'a rien veu plus digne de loüange, que ce Heros & cette Heroine, ils ont effacé soubs les Empereurs, ce qui a paru de plus beau souz la Republique, PETVS à des sentimens plus iustes que ceux de BRVTE, & ARIE a remporté dans le tombeau vne gloire plus pure que celle de LVCRESSE. Les pourtraits de ces deux personnes Illustres, ne pouuoient paroistre de meilleure grace ailleurs que chez vous, où l'on voit vn parfait exemple de l'amitié coniugalle, & soubs vn regne opposé à celuy de NERON, vous faites éclater leurs vertus sans apprehender leurs disgraces. I'ay donc suje Monsei-

ã iij

gneur, de croire que vous ne refuserez pas vostre protection à ce genereux Romain, &
à cette Sage Romaine; I'espere aussi que vous
me ferez l'honneur en mesme temps de me per-
mettre de prendre la qualité de

MONSEIGNEVR.

Vostre tres - humble
& trés obeïssant ser-
uiteur.

GIL-BERT.

Extrait du priuilege du Roy.

PAR Grace & Priuilege du Roy, donné à Paris le 24. Nou. 1659. Signé, Par le Roy en son Conseil IVSTEL ; Il est permis au Sieur GIL-BERT, Secretaire des Commandsmens de la Reyne de Suede, & son Resident en France, de faire imprimer vne pieces de Theatres de sa composition, intitulé Arie & Petus, ou les amours de Neron, pendant le temps de cinq Année, Et deffence sont faitte à quelque personne de telle qualitez ou côdition qu'ils soient, de la faire imprimer vendre ny debiter d'autre edition, que celles qu'il aura fait faire, & ce par quel Libraire ou Imprimeur qu'il voudra choisir, à peine de mil liures d'amande, de tous dépens dommage & interests, comme il est plus amplement porté par lesdites Lettres.

Acheuez d'imprimer pour la premiere fois, le 12. Decembre 1659.

Regiftrez sur le Liure de la Communauté des Libraires, le 28. Nouembre 1659. Signé G. Ioffe Sindic.

Et ledit Sieur GILLEBERT a cedé les droits de son priuilege à GVILLAVME DELVINE, pour en iouyr suiuant l'accord fait entr'eux.

Les Exemplaires ont esté fournie.

ACTEVRS.

ARIE, Dame Romaine.

PETVS, Senateur son Mary.

NERON Empereur.

POPE'E. Sabine Imperatrice.

SENEQVE.
BHVRRVS. } Amis de Petus.

PETRONE.
TIGILLIN. } Confidens de Neron.

ISMENE, Confidente de Sabine.

PISON, Tribun militaire.

La scene est à Rome dans le Palais de NERON.

ARIE ET PETVS

OV LES AMOVRS

DE NERON,

TRAGEDIE.

ACTE I.

SCENE PREMIERE.

NERON, PETRONE, TIGILLIN.

NERON.

V I veut voir vn bon-heur, qui n'eût
    iamais d'exemple.
Qu'il regarde Neron, qu'il vienne &
    me contemple,
Par les degrez de gloire enfin ie suis monté,
Au tranquille sommet de la felicité.

A

ARIE

Ie suis Maistre du Monde en la fleur des années,
Et de tous les humains ie fais les destinées.
Mon Sort me rend égal au Monarque des
    Dieux;
Ie suis en Terre oisif, comme luy dans les Cieux.
La seule volupté plaist à sa fantaisie,
Il aime le beau Sexe, & se paist d'Ambroisie.
Il a souz son pouuoir des sujets eminens,
Et comme moy n'agit que par des Lieutenans.
Il commande au Soleil, le Soleil luit au monde,
Qui de ses feux sacrez rend la Terre feconde.
Et iamais Iupiter ne descend icy bas,
Que pour se diuertir en d'amoureux combats,
Et donner, en faisant vne amoureuse guerre,
De noūueaux Dieux au Ciel, & des Roys à la
    Terre.
Ainsi souuent l'Amour me trouble le repos,
Et veut qu'à l'Vniuers ie donne des Heros.

TIGILLIN.

Cesar qui de Venus tire son origine,
Doit honorer d'Amour la puissance Diuine.

NERON.

Ie veux sacrifier à luy seul desormais,
Et iouyr du bon-heur que me promet la Paix.
I'ay des Parthes vaincus les nouuelles certaines,
Ils ont serui de Proye aux legions Romaines :
Tandis que Corbulon me rend victorieux,
Les charmes d'vn bel œil m'ont vaincu dans ces
    lieux.
I'ayme la belle Arie & souspire pour elle,
Et cette illustre Amante aussi fiere que belle
Euite mon abord, si ie ne la surprend ;
Elle ressemble au Parthe & veut vaincre en
    fuyant.

Vous mes chers confidens songez par quelle
    adresse ,
Ie pourrois adoucir cette fiere Maistresse.

TIGILLIN.

De peur d'effaroucher ses seueres Vertus,
Il faut seruir Arie , & caresser Petus ,
Et faire adroitemét dans l'ardeur qui t'enfláme,
De l'amy d'vn Mary, le galant de la Femme.

NERON.

Ie l'ay desia comblé d'honneur & de bien-faits,
Comme mes fauoris il loge en mon Palais.
Cette ingratte sçait bien que c'est pour l'amour
    d'elle,
Toutefois à mes veux elle est tousiours rebelle.

PETRONE.

L'honnesteté d'abord veut qu'elle agisse ainsi.

TIGILLIN.

Tu verras par tes soins son orgueil radoucy,
Le respect peut gagner la femme la plus sage,
Plus elle est glorieuse , & plus l'honneur l'en-
    gage.

NERON.

Pour pouuoir par la gloire esblouyr ses Esprits,
Ie veux donner des ieux & disputer les prix.
Ie veux que dans leur Pompe ils passent ceux
    de Grece ,
Et veux m'y faire voir à ma belle Maistresse,
En habit d'Apollon, tel qu'il est dans les Cieux,
Lors qu'au son de sa lyre, il enchante les Dieux.
L'Amour en m'inspirant cette agreable feste
M'en fait secrettement esperer la conqueste.
Demain sans differer ie veux contre voux deux,
Paroistre dans la Lice & celebrer ces ieux.

PETRONE.

Si le graue Petus y voit fa ieune Efpoufe,
Son humeur trop auftere en deuiendra ialoufe.
Il faut pour poffeder vn bien fi precieux
Par vn honnefte exil l'éloigner de ces lieux.

NERON.

C'eft à quoy iay pensé.

PETRONE.

　　　　　　　Ce Cenfeur incommode,
Eft du fiecle de Brute , & n'eft plus à la mode.

TIGILLIN.

Auecques fon fçauoir & fes triftes vertus,
Seneque eft incommode auffi bien que Petus.

PETRONE.

Il faut d'vn air galant tourner en raillerie,
Ses plus graues propos.

NERON.

　　　　　　　Petrone ie te prie,
Donne moy dés ce foir vn fi doux paffe-temps,
Seneque le defire auffi depuis long-temps.

PETRONE.

Quand il peut difputer fa gloire , eft fatisfaite,
Il fe croit dans la Lice vn inuincible Athlete.

NERON.

Qu'il ayt dans ces difcours vn orgueil apparēt,
Qu'il foit vain ou modefte, il m'eft indifferent.
Cette difpute enfin n'eft pour moy curieufe,
Que parce qu'elle fert à ma flâme amoureufe;
Et ie ne la fais faire à d'autre intention,
Que pour venir au but où tend ma paffion,
Chacun à fes raifons, & l'Amour eft la mienne.

SCENE II.

NERON, PISON, PETRONE SENEQVE.

PISON.
C'eſt Seneque, Ceſar.
NERON.
    Et bien, dis luy qu'il vienne.
Afin de mieux gagner la femme de Petus,
Ie veux prendre auiourd'huy le parti des vertus.
Depuis que ie cheris cette fiere Maiſtreſſe,
Ie teſmoigne hautement que i'ayme la Sageſſe;
Pour pouuoir obtenir vne place en ſon cœur
Ie feins depuis deux mois d'auoir changé d'hu-
  meur.
Et que ce changement & ſi prompt & ſi ſage,
De ſa beauté diuine eſt le celeſte ouurage.
Dans la diſpute encor pour la ſurprédre mieux,
Ie paroiſtray deuot & ſeray pour les Dieux.
Seneque luy dira de quel coſté i'incline,
Et perſuadera cette beauté Diuine.
Que ie conſerue encor des ſemences de bien,
Et prens le bon party puiſque ie prens le ſien.
Cette diſpute enfin m'eſt du tout neceſſaire,
Pour diſpoſer Arie à m'eſtre moins contraire,
Et bannir de ſon cœur l'horrible Impreſſion
Qui la rend inſenſible à mon affection.
L'opinion qu'elle à que i'ay l'ame inhumaine
De ſes hautes vertus à peû cauſer la haine.
     A iij

Comme vne fugitiue elle a quitté ma Cour ;
Mais Rome dés demain la verra de retour.
Toy va t'en au deuant de ma belle Maiſtreſſe,
Haſte ſon arriuée & fay par t'on addreſſe,
Qu'elle ſe trouue aux Ieux.

SCENE III.

NERON, PETRONE, SENEQVE

NERON continue.

                    Seneque vient icy.
PETRONE.
Il marche d'vn pas graue & fronce le ſoucy.
NERON.
Pourrois-tu deuiner ſur quels propos nous ſom-
      mes.

SENEQVE.
Cét Art n'eſt pas vn don qui ſoit commun aux
      hommes ,
Et le ſecret des cœurs aux Dieux eſt reſerué.
NERON.
Noſtre entretien eſtoit & grand & releué.
SENEQVE.
Vn Prince qui regit ſes deſtins & les noſtres ,
Vn Maiſtre des humains n'en doit point auoir
      d'autres,
S'il veut bien s'acquitter du deuoir d'Empereur.
NERON.
De Petrone obſtiné ie combattois l'erreur ;

Ce Diſciple fameux de l'aueugle Epicure,
Souſtient que le hazard preſide en la Nature.
SENEQVE.
Il peut voir clairement s'il a les yeux ouuerts,
Qu'vn ſage entendement à baſty l'Vniuers;
L'Eſprit voit l'ouurier lors que l'œil voit l'ou-
         urage.
PETRONE.
Tu ne me prouues rien par cét obſcur langage,
Pour me perſuader il faut t'expliquer mieux.
NERON.
Sur les points importants & les plus curieux,
Ce celebre railleur à quelque ombre de doute;
Il a l'Eſprit ſubtil & chacun le redoute :
Mais tu peux aiſement le confondre à ton tour.
SENEQVE.
Le moins ſçauant fait plus de doutes en vn iour,
Qu'vn ſage n'en reſoult durant toute ſa vie,
Ie dois pourtant, Ceſar, contenter ton enuie.
Petrone parle donc & dequoy doutes-tu.
PETRONE.
S'il eſt la haut des Dieux, s'il eſt vne vertu,
Ie doute ſeulement de cette bagatelle.
SENEQVE.
Si ton erreur eſt grande, elle n'eſt pas nouuelle,
Et tu n'as pas l'honneur d'en eſtre l'inuenteur,
Vn mal'heureux ſophiſte en fut iadis l'autheur.
Et cét aueugle guide entraiſné par le vice,
Ta montré le chemin qui mene au precipice.
PETRONE.
C'eſt là la queſtion qu'il faudra decider,
Si Seneque a raiſon ie ſuis preſt à ceder.
Ie vais en peu de mots dire pourquoy ie doute,
Apres tu reſpondras.

A iiij

ARIE

SENEQVE.

Parle donc ie t'escoute.

PETRONE.

Ceux qui de la vertu nous ont fait les pour-
traits.
Et l'ont representée auec tous ses attraits ;
L'ont peinte sur vn Cube auec vn Diademe,
Tousiours & ieune & belle & semblable à soy
mesme.
Si la Vertu n'est point sujette aux changemens,
D'où peuuent n'aistre donc les diuers sentimens.
Ce qu'on croit iuste à Rome ailleurs est iniustice.
La vertu d'vn Pays dans vn autre est vn vice.
Chaque peuple à ses mœurs, ses coustumes, ses
loix ,
La seule opinion fait ses differens choix.
Dans le siecle fameux de Saturne & de Rhée ,
L'inutile vertu fut tousiours ignorée.
Et les Peuples heureux de l'antique saison ,
Consultoient la Nature & non pas la raison.
Tous les Estats diuers que le Soleil esclaire ,
Ont dans leur Politique vn sentiment contraire.
Chacun suit son genie, & chaque Nation,
Vit selon la coustume , ou suit sa passion.
On loüe vn homme libre en vne Republique ,
Qui passe pour rebelle en l'Estat Monarchique.
Et Brutus appellé le dernier des Romains,
Est vn monstre execrable aux yeux des Sou-
uerains.
Parmy les Roys de Perse on approuue l'Inceste,
Les Grecs sont partagez sur le crime d'Oreste.
A Sparthe le larcin est vn vice permis ,
Et par le droit des Gens l'on perd ses ennemys.

Mais la Ville d'Athene où fleurit la science,
Resoult en ma faueur ce doute d'importance.
Et la Loy de Solon vtile à son repos
Comme les vicieux à banny les Heros.
Tu vois que la Vertu n'est donc qu'vne ombre
    vaine,
Qui n'a pour nous guider nulle regle certaine.

SENEQVE.

Elle est tousiours constante & va d'vn mesme
    pas,
Mais quand on est aueugle, on ne la connoist
    pas.
La Vertu porte au front vn Diuin Caractere,
Qui la fait distinguer d'auecque son contraire:
Et pour bien discerner leur Genie inegal,
Il ne faut que connoistre & le bien & le mal.
Ton discours qui confond les vertus & le vice,
Pour surprendre vn Esprit à beaucoup d'artifice;
Mais tes raisonnemens n'ont rien qu'vn éclat
    faux ,
Et qui les examine en connoist les defaux.
Au siecle de Saturne où regnoit l'innocence,
Le vice seulement estoit dans l'impuissance.
Durant cét âge heureux l'homme exempt de
    forfaits ,
Deuant les tribunaux ne paroisloit iamais.
Où le crime n'est point , les loix sont inutiles;
Mais depuis qu'on a fait, des Magistrats, des
    Villes.
Tout homme qui veut viure & sans regle &
    sans loix ,
Comme les animaux doit viure dans les bois.
Les Estats florissans , l'Italie & la Grece,
Les habitans du Nil, d'où nous vient la sagesse.

Tous les Peuples fameux qui font fous l'horifon,
Cultiuent les vertus & fuiuent la raifon.
Cambife n'a peu feul authorifer l'Incefte,
Et les Amphyctions condamnerent Orefte.
Sparthe punit le vol, quand il eft defcouuert,
Au crime en nul climat le chemin n'eft ouuert:
La fublime valeur de l'Attique eft bannie,
De peur qu'vn orgueilleux la change en Ty-
    rannie;
Mais fes liberateurs par la gloire efleuez,
Sont auec leurs hauts faits fur le bronze grauez.
Tu vois donc clairement que les foibles exem-
    ples,
Des Auguftes vertus n'abbatent point les Tem-
    ples;
Et tous les Libertins fe font bien abufez,
De croire là deffus les Efprits diuifez.
Il n'eft qu'vne vertu dans Athene & dans Rome,
Elle eft par tout la mefme, où fe rencontre
    l'homme.
Camille & Themiftocle amoureux de l'hõneur,
Ont fauué leur Patrie auec pareille ardeur.
Les Heros ne vont point fous des formes di-
    uerfes,
Ce qu'on croit iufte en Grece, eft iufte chez les
    Perfes;
Et qui ne connoift pas ou la vertu reluit,
Ne fçauroit difcerner le iour d'auec la nuit.
Mais toy la peux-tu croire & chimerique &
    vaine;
Apres tout ce qu'a fait la Nation Romaine.
Les genereux Confuls & les diuins Cefars,
Tant de fois triomphans dans leurs fuperbes
    Chars.

PETRONE.

Seneque a desployé sa plus belle éloquence.

SENEQVE.

Toy qui des vicieux entreprends la deffence,
Loüerois-tu l'Assassin qui t'osteroit le iour,
Voudrois-tu qu'à ta femme vn autre fit l'a-
    mour.

NERON.

C'est assez discourir des vertus & des vices,
Parlez des Immortels & de leurs Sacrifices.

SENEQVE.

Quiblasme les Vertus, craint peu les Immortels.

PETRONE.

La superstition a basty leurs Autels.

SENEQVE.

Leur Culte est estably dés les siecles Antiques.

PETRONE.

Ce sont inuentions de sages Politiques,
Pour tenir en deuoir les Peuples factieux,
Le Mensonge & la crainte ont engendré les
    Dieux.
Leurs Mysteres sacrez sont de vrais badinages,
Il fait beau voir Ianus auec ses deux visages ;
Et Cybelle & Bacchus errans parmy les chants,
Faire retentir l'air de leurs horribles chanps.
Vulcan tendre des Rets pour surprendre sa féme,
Assébler des tesmoins pour se couurir de blasme ;

Forger ſon infamie, & les pauures mortels,

A ce Dieu ſans honneur eſleuer des Autels.

Il faut rire, Seneque, ou paroiſtre vne ſouche,

De voir Minerue Armée, & Iupiter en couche;

Et Saturne le Maiſtre, & le Pere de tous,

Qu'on priue de l'honneur de faire des ialoux:

Peut-on imaginer rien de plus ridicule,

Il faut que l'on l'auoüe, ou que l'on diſſimule.

Et Momus le plus ſage, & le plus fou des
      Dieux,

A bien dequoy railler quand il eſt dans les
      Cieux.

NERON.

Que reſpons-tu Seneque, à cette raillerie.

SENEQVE.

Si Momus excellent dans la bouffonnerie,

Eſt le bouffon des Dieux pour bien ſçauoir cét
      art :

Petrone à merité de l'eſtre de Ceſar,

Il n'a voulu railler que les Dieux des Poëtes.

PETRONE.

Nos Pontifes ſacrez en ſont les Interpretes,

Et ſemant leurs erreurs, leurs vaines fictions,

Ils abuſent comme eux toutes les Nations;

Mais paſſons plus auant, cette race feconde,

Au ſortir du Chaos à bien peuplé le Monde :

Si l'on croit les ſçauans, l'Air, la Terre & les
      Cieux,

La Mer & les Enfers tout eſt remply de Dieux.

Chez chaque Nation & dans chaque famIle,

Comme Inſectes ſubtils cette engeance four-
      mille ;

L'vn preſide aux feſtins, l'autre preſide au bal,

L'vn au ſacré foyer, l'autre au lict nuptial :

Chaque Maiſon en a du moins vne cohorte,
A Rome on en met trois pour garder vne porte.
Nous adorons en vain tant de Dieux impuiſſās,
Et pour eux l'Arabie auroit trop peu d'encens;
Que ſert cette Cohue,& cette multitude,

SENEQVE.

C'eſt pour s'accommoder au ſens d'vn peuple
        rude :
Parce que cét Eſprit qui regne dans les Cieux,
A diuerſes vertus on a feint diuers Dieux.
Dans l'Olimpe, aux Enfers, ſur la Terre & dans
        l'Onde,
Mais Il n'eſt qu'vn ſeul Dieu qui gouuerne le
        Monde;
Et comme tous les flots ne font rien qu'vne
        Mer;
De quelques diuers nōs qu'on la veille nōmer.
Selon les diuers lieux où Thetis ſe promene,
De Carthage, d'Argos, de Crete ou de Tyr-
        rhene.
De meſme il n'eſt auſſi qu'vne Diuinité,
Le Dieu Mars eſt ſa force, & Venus ſa beauté;
Sa iuſtice Themis, Minerue ſa ſageſſe,
Hebé ſon Eternelle & conſtante ieuneſſe :
Qui fait voir dās ſes yeux par des feux eſclatās,
Que ſa perfection n'eſt point ſuiette au temps.
C'eſt cét Eſprit Diuin, cette eſſence infinie,
Qui de cét Vniuers entretient l'harmonie:
Qui ſçait tout, qui peut tout, qui penetre en
        tous lieux,
Et remply de ſa gloire & la Terre & les Cieux.
C'eſt icy du vray Dieu la viuante peinture,
C'eſt Petrone c'eſt là l'Autheur de la Nature:
C'eſt à luy ſeulement que l'on doit de l'encens.

PETRONE.
Ton sçauoir trop profond te fait perdre le sens.
SENEQVE.
Ie voudrois que Petrone eût la mesme lumiere.
NERON.
S'il ne craint pas les Dieux, pour moy ie les re-
re;
Pour te montrer aussi que i'ayme les vertus,
Ie veux combler d'honneur le genereux Petus:
Puis qu'entre les amis toute chose est commune,
Seneque auec luy partage sa fortune.

SCENE IV.

NERON, SENEQVE, PETVS, PETRONE.

NERON continuë & s'addresse à Petus.
Mais il vient par mon ordre, approche, embrasse
moy,
Ie te veux tesmoigner l'amour, que i'ay pour
toy;
Et pour recompenser tes vertus heroïques,
Ie te fais Gouuerneur des Isles Britanniques.
Va restablir mes loix dans ce lointain Climat,
Tu prendras ta depesche au sortir du Senat:
Pars pour dompter l'orgueil d'vne Reine In-
sulaire,
Demain dés que le iour luira sur l'hemisphere.

SCENE V.

SENEQVE, PETVS.

SENEQVE.

D'où vient que sur ton front est peinte la dou-
leur,
Quand Cesar le cherit & le comble d'honneur?
PETVS.
Cét iniuste Tyran fait de moy trop de conte,
Son amitié m'offence, & i'en rougis de honte;
Et ie repasse en vain quel crime i'ay commis,
Qui le peut obliger d'estre de mes amis:
I'abhorre ses faueurs.
SENEQVE.
Ton procedé m'estonne.
PETVS.
Sa main tasche tousiours les presens qu'elle
donne.
SENEQVE.
Refuser les honneurs que fait vn Empereur,
Dedaigner ses presens, les auoir en horreur,
C'est estre trop austere, & trop melancholique.
PETVS.
Tu fais trop bien ta Cour pour vn sage Stoïque.
De l'amour des grandeurs indignement espris,
Ta vertu respond mal à tes diuins escrits:
Tes discours genereux ne sont que du langage,
Et pour m'expliquer mieux, Nerō est tō ouurage;

Qui n'a rien des vertus de ſes nobles ayeuls.
Croy que Germanicus qui voit du haut des
     Cieux,
Comme ſon petit fils laſchement degenere,
Ne te peut regarder que d'vn œil de colere.
Vn Tyran deteſtable eſt l'œuure de ta main,
Au lieu de nous donner vn Empereur Romain,
Tu n'as nourry qu'vn monſtre au ſein de cette
     Ville.

SENEQVE.

D'apriuoiſer vn tygre il n'eſt pas trop facile,
Tu n'es pas comme moy touſiours à ſes coſtez,
Pour connoiſtre ſes mœurs, & ſes ferocitez.
Par mes ſoins vigilans i'ay durant cinq an-
     nées,
Tenu par la raiſon ſes fureurs enchaiſnées ;
Maïs Neron de clement eſt deuenu cruel,
Et ce tygre à repris ſon premier Naturel.

PETVS.

Le Ciel ſans les punir peut-il voir tãt de crimes.

SENEQVE.

Il ſe plaiſt d'exercer les ames magnanimes.

PETVS.

On a veu trop durer le mal qui nous pourſuit.

SENEQVE.

C'eſt parmy les mal'heurs que la vertu reluit,
Sous le regne d'Auguſte, & iuſte & debonnaire,
Elle a moins eſclaté qu'au ſiecle de Tybere.
Le courage languit dans vn laſche repos,
Et ce n'eſt qu'aux Tyrans que l'on doit les
     Heros.
Sans les Monſtres Hercule auroit eſté ſans
     gloire,
Et l'horreur du combat precede la victoire.

Au

Au lieu de t'affliger reſiouy toy Petus,
Neron t'offre vn moyen de montrer tes vertus.
          PETVS.
Quand ie voy que Petrone & Tigillin fleu-
          riſſent,
Mon bon-heur me fait honte , & mes vertus
          rougiſſent :
Puiſſe auoir part comme eux aux faueurs de
          Neron,
Sans meſler l'infamie à l'eſclat de mon nom.
          SENEQVE.
Neron te peut cherir ſans te mettre en furie.
          PETVS.
Ce n'eſt pas moy qu'il ayme.
          SENEQVE.
                              Et qui donc.
          PETVS.
                    C'eſt Arie.
       SENEQVE.
Ie ſçais bien que l'on dit qu'il bruſle de ſes feux.
          PETVS.
C'eſt pour elle demain qu'il fait donner les ieux.
          SENEQVE.
Ie m'eſtonne qu'Arie eſtant prudente & ſage
Ait ſouffert cét Amour.
          PETVS.
             Ie n'en prends nul ombrage,
Ie ne puis iuſtement ſoupçonner ſes vertus,
Et ſur ce point Arie eſt quitte enuers Petus.
Dés l'inſtant que Ceſar à ſouſpiré pour elle,
Elle m'a déconuert ſon ardeur criminelle;
Pour elle ce Riual me loge en ſon Palais,
Et pour mieux m'abuſer m'accable de bien-
          faits.

                              B

Pour trouuer vn remede au feu qui le conſõme,
Souz vn pretexte honneſte il m'éloigne de
    Rome :
Il croit qu'en mon abſence il pourra librement
Parler de ſon amour & finir ſon tourment.
Comme il ſçait que ma vie eſt exëpte de tache,
Il voit bien que Petus n'a pas l'ame aſſez lâche,
Pour luy ceder ſa femme, ainſi qu'a fait Othon.

SENEQVE.

Tes mœurs s'acordent mal à l'humeur de Nerõ.

PETVS.

Ceſar ne me fait pas commander vne armée,
Pour voir par mes vertus croiſtre ma renõmée.
Loing d'augmenter ma gloire il la veut
    eſtouffer,
Et c'eſt à mes deſpens qu'il voudroit triompher.

SENEQVE.

A meſpriſer ſon ordre il y va de la vie.

PETVS.

Iay peine toutesfois d'accomplir ſon enuie,
Pourray-ie auec honneur dans vn danger ſi
    grand,
Abandonner ma femme au pouuoir d'vn Tyran.

SENEQVE.

N'a t'elle pas aſſez d'amour & de courage,
Pour ſuiure ſon Mary dans ce fatal voyage.

PETVS.

Elle s'eſtoit ſauuée en habit déguiſé,
Pour fuir de Ceſar le cœur trop embraſé ;
Et s'aller embarquer chez les Peuples de
    Seine ,
Mais demain vn Tribut dans Rome la ramene:
Pour moy i'ay reſolu de l'attendre en ce lieu,
Ceſar permettra bien que ie luy diſe adieu.

SENEQVE.

I'en doute fort.

PETVS.

Burrus m'obtiendra cette grace,
Pour feruir fes amis il n'eſt rien qu'il ne face:
L'Empereur ſçait auſſi qu'il a beſoin de moy,
Le Breton rebellé remplit ſon cœur d'effroy,
Il apprehende encor quelque choſe de pire.

SENEQVE.

Il penſe à ſon amour bien plus qu'à ſon Empire.

PETVS.

Ie veux ſçauoir enfin à quoy tendent ces ieux,
Burrus deſſus ce point contentera mes vœux.

SENEQVE.

Ta curioſité peut eſtre dangereuſe,
Mais puis qu'enfin Arie à l'ame genereuſe ;
A ſon retour des ieux dans ton funeſte ſort,
Choiſis donc auec elle ou l'exil ou la mort.

B ij

ACTE II.

SCENE PREMIERE.

PETVS, BHVRRVS.

PETVS.

ESAR me permet-il de voir encor
Arie.
BHVRRVS.
D'abord à ma priere il s'est mis en furie,
Enfin il la permis, attens-là dansce lieu,
A son retour des ieux tu peux luy dire, adieu.
PETVS.
Conte-moy cependát, ce qui s'est fait au Cirque.
BHVRRVS.
Iamais les Empereurs, iamais la Republique,
Ny les superbes Grecs, les inuenteurs des ieux,
N'ont rien fait de si beau, ny rien de si pompeux.
PETVS.
Ah! Bhurrus à ces ieux, à ces magnificences,
Ieprens peut estre part.

BHVRRVS.
          Ouy plus que tu ne penses.
PETVS.
C'eſt là ce qui ma fait differer de partir.
BHVRRVS.
D'eſtre trop curieux on ſe peut repentir.
PETVS.
Quoy faut-il d'vn Tyran ſouffrir la violence,
Mais pourſuy ton diſcours ie te donne audience,
Dis ce qui me regarde & ſans rien oublier.
BHVRRVS.
Ces ieux que dés long-temps Ceſar fait publier:
Par ſes ſoins diligens & ſes grandes largeſſes,
Eſpuiſant tous les arts , & toutes les richeſſes.
A ce fameux ſpectacle attire tous les yeux,
Et de tous les Romains il fait des curieux;
Sans faire vn lõg recit de toutes ces merueilles,
qui charme du vulgaire & l'œil & les oreilles:
Et tiennent tous ſes ſens de plaiſirs enchantez,
Par vn Ciel en peinture & de vaines beautez.
I'acheue en peu de mots pour te tirer de peine.
Dans vn riche Palais qu'on voit peint ſur la
          Scene,
Petrone & Tigillin d'vn faux honneur eſpris,
Auec l'Empereur diſputent ſeuls les Prix.
PETVS.
Ceſar tout le dernier paroiſt ſur le Theatre.
BHVRRVS.
Ce grand declamateur que le Peuple idolatre,
Qu'il applaudit touſiours de la voix & des
          mains,
Pour eſleuer ſa gloire au deſſus des humains;
Et montrer qu'il deſcend d'vne race diuine,
Va iuſques dans le Ciel chercher ſon origine.
                         B iij

Il nous fait voir qu'ainſi ſes ayeuls ſont venus,
Par vn heureux Deſtin de Mars & de Venus :
Ceſar à peine eut dit la derniere parole,
Que le Peuple Idolâtre encenſe cette Idole,
Et publie hautement que ſa lyre & ſes vers,
Rendét ſon nom celebre aux bouts de l'Vniuers.
La troupe des flateurs qu'a Neron à ſes
　　　　gages
Dans le Cirque placez d'eſtages en eſtages ;
De ce peuple aueuglé croiſſent encor l'erreur,
Et iuſques dans le Ciel eſleuant l'Empereur ;
Luy rendent meſme honneur qu'au beau fils de
　　　　Latone,
De leur bruit éclatant tout le Cirque reſonne :
Et l'écho qui répond du plus prochain valon,
Fait retentir les noms d'Auguſte & d'Apollon :
Ce grand bruit à la fin calmant ſa violence,
Le grand Iuge des prix ſur la Scene s'auance.

PETVS.

Ce Iuge enuers Neron ſans doute eſt com-
　　　　plaiſant.

BHVRRVS.

D'vne double Couronne il luy fait vn preſent,
L'vne eſtoit de Laurier, & l'autre eſtoit de Roſe :
D'vne Pourpre éclatante & fraiſchement écloſe,
De celle de laurier il orne ſes cheueux,
Et commande à Phedon qui preſidoit aux ieux,
D'aller mettre ces fleurs ſur le beau front d'Arie.

PETVS.

O Dieux !

BHVRRVS.

L'Imperatrice, à ſa galanterie
Teſmoigna ſa ſurpriſe & ſa viue douleur,
Son teint plus d'vne fois en changea de couleur.

PETVS.

De quel œil vit Arie vn present si funeste.

BHVRRVS.

Elle le vit d'vn œil & prudent & modeste,
Et de le receuoir tascha de s'exempter,
Mais quoy qu'elle peut dire il fallut l'accepter;
Malgré tous ses refus on couronna sa teste,
Et son couronnement acheua cette feste.

PETVS.

Ah que de maux ces ieux s'en vont me preparer!
On la comble d'honneur, pour me deshonorer,
De ce piege tendu ie connois l'artifice.

BHVRRVS.

Mais i'apperçoy Arie auec l'Imperatrice.

PETVS.

Ie veux sans differer luy parler vn moment.

BHVRRVS.

Que fais-tu, tu te perds par ton emportement.

PETVS.

L'Empereur m'a permis de la reuoir encore,
Et ie puis adoucir le soin qui me deuore.

BHVRRVS.

Quand Sabine, Petus, sortira de ces Lieux,
Tu pourras contenter tes desirs curieux.

SCENE II.

L'IMPERATRICE, ARIE.

L'IMPERATRICE.

Vous estes satisfaite ambitieuse Arie,
Vostre esprit s'accoustume à la galanterie;

L'Amour, ce monſtre affreux ne vous fait plus
    horreur,
Quand il s'offre à vos yeux ſouz le nom d'Em-
    pereur,
Aux pieges de Ceſar ce cœur s'eſt laiſsé prédre.

ARIE.

Contre des Souuerains l'on ne peut ſe deffendre,
Mépriſer en public les hôneurs qu'ils nous font,
C'eſt les deſobliger & leur faire vn affront.

L'IMPERATRICE.

La Roſe eſt de tout temps à Venus conſacrée,
Et iamais la vertu n'en peut eſtre parée :
Ceſar à voſtre orgueil paroiſt trop complaiſant,
Et vous deuez rougir de ce honteux preſent.

ARIE.

Ie l'acceptay par force, & Ceſar ma con-
    trainte.

L'IMPERATRICE.

Voſtre ſage refus n'eſtoit rien qu'vne feinte,
Vne ruſe d'amour dont vous nous abuſiez,
Vos yeux le demandoient quand vous le re-
    fuſiez:
Si Ceſar vous cherit, ie n'en ſuis point ialouſe,
Vous eſtes ſa Maiſtreſſe, & ie ſuis ſon Eſpouſe.

ARIE.

ARIE.

Vous l'estes de Neron, ie la suis de Petus,
Et par la l'on connoist nos mœurs & nos vertus.

L'IMPERATRICE.

Auoir vn air modeste, vne belle apparence,
Se faire vn art d'aymer de lart de bien seance:
Témoigner des froideurs, pour donner plus d'a-
mour,
En habit déguisé s'esloigner de la Cour:
Pour croistre ses desirs mettre Cesar en peine,
Sortir de Rome exprés afin qu'on l'y ramene:
Retourner à propos pour se trouuer aux ieux,
Seduire vn Empereur & receuoir ses vœux:
Partager auec luy les prix que l'on luy donne,
Et vouloir partager son cœur & sa couronne:
C'est de la sage Arie, vn pourtrait Curieux.

ARIE.

A quelqu'autre sans doute il ressébleroit mieux.
L'IMPERATRICE.
Il n'a pour vostre honneur que trop de ressem-
blance.

ARIE.

Sans qu'inutilement ie prenne ma defence:
Toutes mes actions parlent assez pour moy.

C

L'IMPERATRICE.

A voſtre illuſtre Eſpoux mãquez vous pas de foy,
De ſouffrir de Ceſar la paſſion extrême?
Pouuez vous ſans rougir endurer qu'il vous
    ayme?
Que pouuez vous reſpondre à ce diſcours
    preſſant.

ARIE.

Pourrois-ie l'empeſcher puis qu'il eſt tout
    puiſſant;
Ie ſuis perſecutée, & ne ſuis point coupable.

L'IMPERATRICE.

Sa perſecution n'eſt pas deſagreable;
Iadmire ſon erreur, & ſon aueuglement,
Car vos foibles beautez n'ont rien de ſi char-
    mant:
Dont le trait impuiſſant aiſément ne s'éuite,
Arie à plus d'orgueil qu'elle n'a de merite.

ARIE.

De mon peu de beauté ie demeure d'accord,
Et ſouffre ce mal'heur ſans me plaindre du ſort.
Si l'Empereur pour moy témoigne trop d'e-
    ſtime,
Si ſon aueugle amour n'a rien de legitime:
Montrez luy ſon erreur au lieu de m'accuſer,
Car c'eſt luy ſeulement qu'il faut deſabuſer.

L'IMPERATRICE.

Si ie prenois ce soin & cette indigne peine,
Ie m'abaisserois trop, & te rendrois trop vaine:
Pour regagner son cœur, & tromper ton espoir,
Sabine sans parler n'a qu'à se faire voir.

ARIE.

Puis qu'ainsi d'vn coup d'œil vous me pouuez
　　　　deffaire,
Vous n'auez pas sujet de vous mettre en colere,
De craindre qu'on vous oste vn cœur iniustemét:
Que vous pouuez reprendre, & si facilement.

L'IMPERATRICE.

Ie blasme tes desseins sans en craindre la suite,
Car souz mes iustes Loix le destin ta reduite:
Et dans peu mon Espoux embrasé d'autres feux,
A quelque objet plus digne addressera ses veux:
Alors tu sentiras iusque, où va ma colere,
Ie pense à me venger, va penser à luy plaire,
Nous verrons qui des deux aura mieux côbatu.

ARIE.

La victoire est certaine à qui suit la vertu.

SCENE III.

PETVS ARIE.

PETVS.

Ton illustre beauté vient d'estre couronnée.

ARIE.

Si l'hôneur qu'on m'a fait blesse nôtre hymenée,
Auec toy cher Espoux ie m'en vien consoler.

PETVS.

Ne croy pas que Petus t'en veille quereller:
I'admire ta vertu, ta pudeur m'est connuë,
Ie ne demande point ce qu'elle est deuenuë;
Elle luit sur ton front, elle regne en ton cœur,
Mais ie crain d'vn Riual l'insolente rigueur.

ARIE.

Depuis peu les Vertus ont accez à son Throsne,
Hier dans la dispute il fut contre Petrone,
Et prenoit le party de Seneque & des Dieux.

PETVS.

S'il dissimule ainsi c'est pour t'abuser mieux;
Ie redoute pour toy quelque triste auanture,
Et ce fatal present m'est de mauuais augure.

ARIE.

Que peux tu redouter si tu connois ma foy.

PETVS.

Ah!tu ne preuois pas le mal que ie preuoy!
Le beau nœud qui nous lie,& ma iuste tendresse,
Me font craindre pour toy le destin de Lucresse;
L'on força sa pudeur de ceder à l'amour.

ARIE.

Croy qu'en sa place Arie eût vescu moins d'vn
iour.

PETVS.

Le fier tyran qui t'ayme , est vn monstre exe-
crable,
Pire que les Tarquins & bien plus redoutable:
Qui peut t'oster l'hôneur & me rauir mon bien.

ARIE.

Il n'est pas mon tyran, c'est moy qui suis le sien,
Ouy sans faire de crime & sans ignominie,
C'est moy,qui sur luy mesme vse de Tyrannie.

Ie fait contre ſes iours vn viſible attentat,
Ie trouble cét Eſprit qui trouble cét Eſtat:
Pour vanger ma Patrie, & rendre Rome libre,
I'enchaiſne ce Tyran au riuage du Tybre:
Ie le mets dans les feux, ie le mets dans les fers,
Il ſouffre tous les maux que l'on ſouffre aux
      Enfers;
Et pour rendre ſa peine à ſes forfaits égale,
Ie luy fais éprouuer le deſtin de Tantale:
A ſes deſirs ardens i'étale mes appas,
Et luy fais voir des biens dont il ne iouyt pas.

PETVS.

Il peut à tes deſpens voir finir ſon ſupplice,
Et tu dois auec luy craindre l'Imperatrice:
Tu dois apprehender que ſon Eſprit ialoux,
Ne ſe vange ſur toy d'vn inconſtant Eſpoux.
Si pour m'ôter au Throſne elle immole Octauie,
Croy-tu pour le garder qu'elle épargne ta vie:
Non, non, tu dois tout craindre en cette iniuſte
      Cour,
Et Sabine & Neron, & l'enuie & l'amour:
Tu peux des deux coſtez receuoir vne iniure;
C'eſt ce qui fait ma crainte.

ARIE.

        Et c'eſt ce qui m'aſſeure,
Pour me rauir l'honneur, ou pour finir mon ſort,
Ma Riuale & Ceſar ne ſont pas bien d'accord:
Et le Ciel qui prend ſoin d'empeſcher ma ruine,
Oppoſe l'vn à l'autre & Neron à Sabine.
Elle qui reconnoiſt ſes fortes Paſſions,
Le fait ſuiure par tout par de bons eſpions:
Et ſa ialouſe humeur qui iamais ne ſommeille,
Contre vn Mary qui m'ayme, eſt l'Argus qui me
      veille:

C iij

Luy qui connoiſt l'humeur de cét Eſprit ialoux,
Penſe à me garantir des traits de ſon courroux;
Et des Pretoriens vne forte brigade,
Que commande vn Tribun, inceſſamment me
     garde :
Et pour me conſeruer & l'honneur & le iour,
Mes plus grands ennemys me ſeruent tour
     à tour :
Ainſi de tous coſtez ie ſuis en aſſeurance,
Et ne dois redouter aucune violence.

PETVS.

L'on n'eſt pas ſans peril pour eſtre ſans effroy.

ARIE.

Pour moy ie ne crains rien , mais ie crain tout
     pour toy;
Ie voy la foudre preſte à tomber ſur ta teſte,
Par ta ſage Prudence éuite la tempeſte:
Crain le courroux fatal d'vn iniuſte Empereur,
Par vn honneſte exil éuite ſa fureur.
Va t'en dompter l'orgueil d'vne ſuperbe Reyne,
Va faire triompher la Nation Romaine ,
Sans à de vains ſoupçons te laiſſer émouuoir,
Va me ſeruir d'exemple à faire mon deuoir.

PETVS.

Qu'vn veritable amour cauſe d'eſtrãges peines.

ARIE.

Ie t'ay fait voir aſſez que tes craintes ſõt vaines.

PETVS.

Si tes hautes vertus & ta rare beauté,
Sur l'esprit de Neron ont tant d'authorité:
Dans son emportement si ce Tyran t'adore,
Tu peux de son courroux me garantir encore;
S'il paroist irrité de me voir dans ces lieux,
Tu pourras d'vn seul mot appaiser sa furie.

ARIE.

Il ne voit pas Petus de l'œil qu'il voit Arie;
Il me voit comme vn bien, il te voit comme vn
    mal,
Moy comme son Amante, & toy comme vn
    Riual:
Il croit que ta presence est l'obstacle inuincible,
Qui fait qu'à ses desirs ie parois insensible:
Mais il ne connoist pas l'amour que i'ay pour
    toy,
Vn infidelle enfin, iuge mal de la foy:
Attendant que le temps, & que son inconstance,
Te puisse dans sa Cour laisser en asseurance.
Souffre patiemment ton destin rigoureux,
Et va te reseruer pour des iours plus heureux,
Ie te suiuray bien tost aux bords de la Tamise.

PETVS.

En habit déguisé l'on t'a de si surprise.

ARIE.

Ie veux auecque toy partager le danger,
Et me perdre, ou te suiure en ce bord étran-
    ger:

C iiij

Attendant que le Ciel m'offre vn moyen facile,
D'aller chez les Bretons trouuer vn seur Asile:
Pars sans moy cher Espoux.

PETVS.

　　　　　　Accorde à mon amour,
Dans le trouble où ie suis, le reste de ce iour:
Mais i'apperçoy Neron.

ARIE.

　　　　　　Il faut que ie l'éuite;
Toy, dissimule vn peu de peur qu'il ne s'irrite,
Et respecte vn Tyran pour conseruer tes iours.

SCENE IV.

NERON, PETVS.

NERON.

Tes adieux sont bien longs.

PETVS.

　　　　　Ils me semblent bien courts.

NERON.

C'est prendre mal son temps, de montrer sa ten-
　　dresse,
Quand Bellonne t'appelle, & que le danger
　　presse:
Couriers dessus couriers viennent incessammét,
Accuser ma longueur & mon retardement.
Loing d'icy desormais mes ordres te demandét,
Aux bords de l'Ocean les Legions t'atendent;
Et par les fiers Bretons, les Aigles abbatus,
Implorent mon secours & souhaitent Petus:

Va vanger ces Romains , qu'vne orgueilleuse
    Reyne,
Fait paſſer ſouz le ioug & retient à la chaiſne:
Fais voir à la Patrie , vn cœur , grand , noble,
    altier.

PETVS.

Ie voudris bié pouuoir m'y donner tout entier;
Mais helas, ie regrette en ma douleur extréme,
De laiſſer dãs ces lieux la moitié de moy meſme.
NERON.

Eſt-ce Arie?
PETVS.
    Ouy, ſoudons iuſqu'où va ſon amour,
Permets qu'elle me ſuiue & quitte cette Cour.
NERON.
Le genereux Petus ſonge-t'il à des femmes,
Lors que Mars fait reluire & le fer & les flâmes!
Faut-il que ce penſer agite ton repos.
PETVS.
Vne amour legitime eſt digne d'vn Heros:
L'Hymen à la valeur peut éleuer vn Temple,
Et i'en vois dans ta race vn aſſez bel exemple:
Ton genereux ayeul le grand Germanicus,
Par qui les fiers Germains furent deux fois
    vaincus ;
Ne pouuant vn moment viure ſans Agripine ,
Menoit aux chãps de Mars cette Eſpouſe diuine;
Et les Deſtins de Rome eſcrits dans ſes beaux
    yeux,
Rendoient ce demi-Dieu par tout victorieux.
NERON.
Souz luy les Legions par deux fois mutinées,
Ont taſché d'obſcurcir ſes belles deſtinées:

Sa fême en ce mal'heur fut son plus grand soucy,
Et la tienne en danger te troubleroit aussi.

PETVS.

Arie à mes costez, ie serois inuincible,
La crainte de la perdre à mõ cœur trop sensible:
Augmentant ma valeur auec mon effroy,
Ie cõbattrois pour elle & ie vaincrois pour toy.

NERON.

Quand ta sage prudence & ton courage rare,
L'exempteroit de mal dans cette Isle barbare:
Durant cette saison que la fureur des flots,
Peint l'horreur de la mort au frõt des Matelots:
La garentirois-tu par ta flâme amoureuse,
Des cruels Aquilons, & de l'Onde orageuse;
Afin de conseruer ce tresor precieux,
Ie la veux malgré toy retenir dans ces lieux.

PETVS.

Tu m'obliges assez sans prendre soin d'Arie,
Modere donc Cesar tes bontez ie te prie;
En fauoriser deux c'est trop de la moitié.

NERON.

Ie te veux doublement montrer mon amitié:
Tu veux sçauoir pourquoy, ie m'en vais te
            l'apprendre,
Le seruice important que ton bras me va rédre;
M'ob'ige à conseruer pour n'estre pas ingrat,
La femme de celuy qui va sauuer l'Estat :
Ie sçay dans quel ennuy te mettra son absence,
Mais ie veux me seruir de ton impatience:
De tes desirs pressans, de ton ardente amour,
Pour hâter ta victoire, & ton heureux retour.

PETVS.

Pourroit-il m'abuser par vn plus beau langage,
Faut-il dissimuler & souffrir cét outrage.

NERON.

Sans te mettre en soucy , va donc mon cher
    Petus,
Faire sur la Tamise éclater tes vertus.
Cette guerre est vn faix qui pese à mes épaules,
Le Breton rebellé peut émouuoir les Gaules:
Va donc par ta valeur triompher des Mutins,
Et du Peuple Romain assurer les destins;
Afin que ma bonté , comme ta valeur brille,
Prend le soin de l'Empire , & moy de ta famille:
Ie veux côbler de biens,& l'Espouse & l'Espoux,
Et rendre les Romains de ta gloire ialoux.

PETVS.

Tu me fais trop d'honneur.

NERON.

                Au bord de la Tamise,
A mes deux Legions si tu rends la franchise:
Des Bretons subiuguez , ie te veux faire Roy ,
Tu ne releueras que des Dieux & de moy:
Auec ce doux espoir quitte les bords du Tibre.

PETVS.

Cesar, fais seulement que ma femme soit libre,
Sans m'accabler d'honneur , & me combler de
    bien ,
Tu me donnes assez, si tu ne m'ostes rien.

NERON.

I'ay plus de foin d'Arie encor que toy mefme,
Ie veux à fes vertus donner le Diademe :
Tu ne la verras plus que la Couronne au front,
Toy va le meriter par vn feruice prompt.

PETVS.

Mais !

NERON.

Petus fans repliquer fais ce que ie defire.

PETVS.

Ah Barbare ! ah Tyran !

NERON.

Que dis-tu?

PETVS.

Ie foûpire.

NERON.

Va conquerir vn fçeptre au lieu de foûpirer,
Obeis à mon ordre & pars fans differer.

SCENE V.

PETVS SEVL.

Il diffimule en vain , i'ay découuert fa flâme ,
Ie vien de penetrer iufqu'au fond de fon ame.
Il ne veut m'efloigner de cette iniufte Cour,
Qu'afin de me rauir l'objet de mon amour:
Cét amour furieux veut venir à mon aide ,
Et contre vn fi grand mal , il m'enfeigne vn
   remede.
Ie puis contre Cefar faire armer le Senat,
Contre ce rauiffeur former vn attentat :
Mais il a fur le front vn facré Caractere,
Que dans mon Riual mefme , il faut que ie re-
   uere,
La vertu de Caffie & celle de Brutus,
Contre des Souuerains, ne font pas des vertus:
Leur exemple eft blâmable en l'état Monar-
   chique ,
Et leur gloire eft finie auec la Republique.
Que faut-il faire dõc en mon preffant mal'heur,
Pour fauuer ce que i'ayme & conferuer l'hon-
   neur ?
Il faut dans le tranfport de ma iufte furie ,
Me cacher dans ces lieux pour enleuer Arie:
Quoy que fa forte garde empefche mon deffein,
Bhurrus la commandant m'y peut prefter la
   main :

Le Tribun Tulle auſſi me fera voir ſon zele,
Il me doit ſa fortune , & me ſera fidelle :
Ma femme ne ſçaura ma reſolution ,
Que dans le point fatal de l'execution:
De peur qu'vn trop grand ſoin , quelle prend de
        ma vie ,
Ne la ſit oppoſer à cette noble enuie:
Malgré ſon ſentiment ie la veux ſecourir,
Et ſauuer ſon honneur & le mien, ou perir.

ACTE III.
SCENE I.

NERON, PETRONE.

NERON.

PETRONE, va trouuer Sabine en dili-
    gence,
Va t'en l'entretenir en grande con-
    fidence:
Dis luy qu'Arie enfin m'embrase tellement,
Que tu crois que ma flâme est vn enchantement;
Que ie veux que d'Hymen, le flambeau nous
    éclaire,
Ayant par ce discours allumé sa colere :
Lors que tu la verras éclater contre moy,
Offre de la seruir, engage luy ta foy;
Et si contre mes iours la superbe conspire,
Sois vn des coniurez pour me le venir dire;
Par ce piege tendu tu sçauras ses secrets,
Et tu feras tomber Sabine dans mes Rets.
Cette orgueilleuse lors conuaincuë, estonnée,
Pour conseruer ses iours rõpra nostre hymenée:

Ie mettray sa Riuale en mon Throsne éclatant,
Pense à me rendre donc seruice important
Iepourrois bien sans toy repudier Sabine,
Et iay diuers moyens d'auancer sa ruine:
L'infidelle cent fois à trahi son honneur,
Elle a dessus le front vne feinte pudeur;
Mais ie veux pour prouuer ses feux illegitimes,
Par vn crime nouueau rappeler tous ses crimes:
Sabine hors de la Cour, ce grand obstacle osté,
Rien ne peut s'opposer à ma felicité.
Tandis que Tigillin va flechir ma Maistresse,
Va tromper ma salouse auecque ton adresse:
Va t'en trahir l'Hymen pour complaire à l'A-
      mour,
Mais le prompt Tigillin est dés-ja de retour,
Va depesche.

SCENE   II.

NERON,   TIGILLIN.

NERON.

          As-tu veu ma belle inexorable,
Est-elle moins seuere, est-elle plus traitable:
Paroist-elle sensible à l'ardeur de mes feux,
Depuis les grands honneurs qu'elle a reçeu aux
      ieux :
Ou i'ay publiquement couronné son merite ?
Et se dispose-elle à souffrir ma visite?
                    TIGILLIN.

TIGILLIN.

Elle se preparoit à sortir de ses Lieux,
Pour aller promptement dans le Temple des
       Dieux;
En faueur de Petus leur faire vn sacrifice,
Pour rendre à son départ le destin plus propice.

NERON.

Quand la pourray-ie voir.

TIGILLIN.

                    Elle n'en a rien dit,
Son Esprit paroissoit inquiet , interdit ;
Soit crainte, soit respect, adresse, ou bien seance,
Elle semble tousiours retarder l'audience.

NERON.

Ie veux pourtant la voir auant la fin du iour.

TIGILLIN.

Le Tribũ qui la garde & qui sçait vostre Amour,
Pour vous donner moyen de voir la fiere Arie,
La doit conduire exprés par cette galerie,
Qui touche à cette salle & mene droit icy.

NERON.

L'attendray-ie long-temps.

TIGILLIN.

                    Vn moment , la voicy.

SCENE III.

ARIE, LVCILLE, NERON, PISON.

LVCILE.
L'Empereur vous a veuë.

NERON.
Arreftez ie vous prie,
Pourquoy me fuyez-vous belle & charmante
    Arie ;
Ou vouliez-vous aller en fortant de ces lieux.

ARIE.
I'allois au Panteon.

NERON.
Sacrifier aux Dieux.

ARIE.
Ie voulois affifter à leurs diuins Myfteres.

NERON.
Croyez-vous que les Dieux écoutét vos prieres;
Si vous les méprifez, fi vous n'écoutez pas,
Ceux que les Dieux ont fait leur Image icy bas.

ARIE.
Qui ?

NERON.
Vous n'ignorez pas comme la deftinée,
M'a fait feul heritier de la race d'Enée ;
Si de ce demi-Dieu mes ayeuls font venus,
Vous voyez que ie fors du beau fang de Venus :

Qu'à la mere d'amour ie dois mon origine;
Mais ie prouue bien mieux ma naiſſance Diuine,
Par les doux ſentimens que m'inſpirent vos
        yeux,
Que par l'antiquité de mes nobles ayeuls.
Approuuez donc les feux que vous auez fait
        naiſtre,
Et regnez dans vn cœur où l'Amour eſt le
        maiſtre ;
Rendez, rendez heureux voſtre ſort & le mien,
Mais vous baiſſez la veuë & ne répondez rien:
Ce ſilence outrageux ſuffit pour me confondre,
Belle ingratte, parlez.

ARIE.
        Que vous puis-je répondre.
NERON.

Ah ! n'apprehendez pas d'allumer mes fureurs,
Ie cheris tout de vous, iuſques à vos rigueurs:
Dites ſi mõ amour vous déplaiſt ou vous touche,
Prononcez en l'arreſt de voſtre belle bouche;
Et ie le receuray comme vn decret des Cieux,
Pour vous en aſſurer, i'en iure par vos yeux.

ARIE.
N'attendez pas de moy quelque laſche reſpõce.
NERON.

Ie ſuiuray cét Arreſt pouruen qu'on le prononce.
ARIE.

Puiſque vous le voulez ie vous vais obeïr,
Ie ne puis vous flatter, ny ne puis me trahir;
Pour m'expliquer enfin, Ceſar ie ſuis Romaine,
Et le Deſtin ma faite, & Femme & Citoyenne,
Ie vous dois du reſpect cóme à mon Empereur,
Mais ſouz le nom d'Amant, Neron me fait
        horreur.

               D ij

ARIE
NERON.

Le nom d'Amant est doux, & n'a rien de terrible,
C'est Neron seulemét qui vous paroist horrible;
Mes lâches ennemis pour me rendre odieux,
M'ont peint comme vn Tyran, comme vn Mon-
    stre à vos yeux ;
Mais afin de fermer la bouche de l'enuie,
Ie vous veux retracer le pourtrait de ma vie:
Et veux bien me soumettre à vostre iugement,
Pour ne paroistre plus comme vn indigne Amãt.
Selon l'aueu de tous , i'ay durant cinq années,
Fait du Peuple Romain fleurir les Destinées;
Ma bonté, ma Clemence , & mon regne trop
    doux,
M'ont au bout de ce temps suscité des ialoux.
Le superbe Senat fasché d'auoir vn Maistre,
Dans son corps infidele à tousiours plus d'vn
    traistre ;
Son Genie ennemy des Cesars & des Roys,
Luy seul à l'Vniuers voudroit donner des Loix;
Ouy ce mesme Senat qui déchira Romule,
Qui de vingt & trois coups perça le diuin Iule,
Qui voulut vnze fois faire rougir ses mains,
Au sang du plus parfait des Empereurs Ro-
    mains:
Tous les iours contre moy secrettement con-
    spire ,
Pour me rauir ensemble & la vie & l'Empire.
Si ie fais punir ceux que l'on voit conjurer,
Auec iuste raison en peur-on murmurer ;
Et doit-on me blâmer de prendre la vengeance,
De ces sujets ingrats qui lassent ma Clemence:
L'embrasement de Rome à mon ordre imputé,
Est vn crime aussi faux qu'il est mal inuenté.

Ie sçay que Britannique, Agripine, Octauie,
Semble ternir l'éclat de mon illustre vie ;
Mais plus ils m'estoient joints par des nœuds
      solemnels,
Les ayant violez plus ils sont criminels ;
I'auois de leurs forfaits des preuues assez am-
      ples,
Et de semblables morts ne manquent pas
      d'exemples.
Si Menelas d'Helene eût éteint le flambeau,
Il auroit garenty cent Heros du tombeau ;
Le fier Timoleon que la Grece reuere,
S'est immortalisé par la mort de son frere :
Le mien voulut me perdre, & se faire Empereur,
Et ma femme embraza ma ialouse fureur ;
Chacun sçait l'attentat & l'orgueil d'Agripine,
Qui menaçoit l'Estat de sa propre ruine ;
Mais Seneque & Burrus sans prendre ordre de
      moy,
Luy firent éprouuer les rigueurs de la Loy ;
Et ces nouueaux Brutus par leur vertu seuere,
Sauuerent ma patrie aux dépens de ma Mere :
Le Senat qui m'en vit consumer de regret,
Pour me iustifier par vn sacré decret ;
Et rendre grace au Ciel qui guarentit ma Teste,
De ce iour de mon deuil, en fit vn iour de feste.
Ainsi dessous mon regne il ne s'est rien commis,
Que n'ayét approuué mes plus grands ennemys.
Vous de qui la vertu condamne l'imposture,
Soyez mon Iuge, Arie, Amour vous en coniure,
Decidez si ie suis ou Iuste ou vicieux.
                ARIE.
Ie laisse de Cesar le Iugement aux Dieux.

                        D iij

NERON.

Si par quelques defaux i'auois taché ma vie,
Ils seroient effacez depuis que i'ayme Arie;
Et le diuin éclat qui brille dans ses yeux,
Ne sçauroit inspirer qu'vn amour glorieux.
Vne beauté Celeste, vne vertu si rare,
Pourroit faire vn Heros d'vn Scythe & d'vn
      Barbare ;
Et mon cœur embrasé de ses attraits charmans,
Ne sçauroit plus auoir que de beaux sentimens:
Auec ces sentimens dignes de ma naissance,
Ie veux vous faire voir ma gloire & ma puissäce;
Non pour vous étaler icy mes vanitez,
Mais pour mieux adoucir vos seueres beautez.
Pour me combler de biens le Destin fauorable,
Semble auoir épuisé sa source inépuisable.
Nul mortel en bon-heur ne m'égala iamais ,
Et ie serois sans vous au dessus des souhaits.
Si le Maiître des Dieux qui lance le Tonnerre,
Est Monarque du Ciel, ie suis Dieu de la Terre:
Il est armé d'éclairs, & moy de Legions,
Qui rangent souz mes Loix toutes les Regions:
Du Tybre iusqu'au Gange , & du Danube au
      Tage,
Les Peuples & les Roys me rendent leur hom-
      mage:
La fortune & l'amour, la gloire, & les plaisirs,
Courent d'vn pas leger ou volent mes desirs:
Le diuin Apollon de l'Olimpe m'inspire ,
Comme ce Dieu galant ie sçay toucher la Lyre;
Et pour rendre mon Throfne & mes iours af-
      feurez ,
Par luy dans l'auenir mes yeux sont éclairez.

Ainſi ie regne en paix ſans craindre aucun de-
      ſaſtre;
Dans vn état borné de la Mer & des Aſtres;
Mais ie n'ay tant de gloire & de felicitez;
Que pour en faire part à vos rares beautez;
Ie vous offre mon cœur auecque mon Empire.
                    ARIE.
Vous m'offrez beaucoup plus que le mien ne
      deſire.
Pour paroiſtre ſincere & ne vous tromper pas,
Le throſne & les grandeurs ſont pour moy ſans
      appas:
L'honneur & la vertu font mon bon-heur ſu-
      preme,
Et i'ay dans ces deux mots compris tout ce que
      i'ayme.
Soyez le fauory des Muſes & des Dieux,
Que les ſiecles futurs roulent deuant vos yeux:
Que l'Vniuers ſoûmis, vous craigne & vous
      adore,
Et triomphez en paix du couchant à l'Aurore:
Traiſnez apres vn Char, la gloire & les plaiſirs,
Que vos felicitez ſurpaſſent vos deſirs:
Que Ceſar regne enfin exempt de tous deſaſtres,
Dans vn état borné de la Mer & des Aſtres:
Il ne me peut toucher de l'ombre d'vn deſir,
Petus eſt mon Eſpoux, ie n'ay plus à choiſir.
                    NERON.
La genereuſe Arie eſt-elle ſcrupuleuſe,
Et que redoutez vous, craignez-vous d'eſtre
      heureuſe;
Pouuez vous preferer par vn indigne choix,
Vn ſimple Senateur au Monarque des Roys.

ARIE.
L'honneur & l'hymenée ont borné ma fortune.

NERON.
La lettre de diuorce est dans Rome commune ;
L'on peut rompre vn hymen sans blesser son
    honneur,
C'est la plus iuste Loy qui fait nostre bon-heur ;
Ma flâme malgré vous, vous veut rendre iustice,
Et vous veut eleuer au rang d'imperatrice.

ARIE.
Ie ne puis aspirer à des honneurs si grands.

NERON.
Afin de decider nos fameux differends,
Et voir si vous deuez refuser ce beau tiltre ;
Dans toute cette Cour choisissons vn arbitre,
Faisons en nostre Iuge , & receuons ses Loix.

ARIE.
I'y consens si Cesar m'en veut laisser le choix.

NERON.
Ouy ie vous le promets, & vous pouuez l'élire,
Non dans ma seule Cour ; Mais dans tout mon
    Empire :
D'entre tous vos Amis , prenez le plus discret.

ARIE.
Celuy que ie veux prendre est dans mon Ca-
    binet ,
Et si vous l'agreez permettez qu'on l'appelle.

NERON à Pison.

Pison sortant, Neron dit le reste du vers à part.

Qu'on l'appelle , Seneque est cét amy fidelle :
Vous verrez son auis suiure mon sentiment,
Vous en allez auoir le diuertissement ;

S'il eſt de vos amis, cét arbitre équitable,
Il vous obligera de m'eſtre fauorable.

ARIE.

Ouy ie puis m'aſſeurer qu'il eſt de mes amis,
Et ſuiuray ſon conſeil puiſque ie l'ay promis ;
Du Tribunal d'amour il nous rendra iuſtice.

NERON.

Bien-toſt ſon iuſte Arreſt finira mon ſupplice;
Il s'en va condamner vos ſeueres vertus,
Sans doute.

ARIE.

Nous verrons, le voicy.

SCENE IV.

NERON, ARIE, PETVS, PISON.

NERON.

C'eſt Petus!

ARIE.

C'eſt luy meſme, Ceſar.

NERON.

Iniurieuſe Arie.
Falloit-il me ioüer par cette tromperie.

ARIE.

Ie ne vous trompe point, & vous m'auez permis,
De choiſir le plus grand d'entre tous mes amis;
Ie n'en pouuois choiſir vn qui fut plus fidelle,
Ny qui decidaſt mieux cette illuſtre querelle.

E

ARIE

NERON.

Mais toy qui ſans reſpect me braue inſolément,
Penſe-tu violer mon ordre impunément;
Si tu crois m'appaiſer aiſément, tu tabuſes,

PETVS.

N'attends pas de Petus quelques laſches excuſes.
Ta ialouſe fureur auec tout ton pouuoir,
Ne m'empeſcheront pas de ſuiure mon deuoir;
Et ie feray touſiours iuſqu'à tant que i'expire,
Ce que l'honneur m'ordonne & que l'amour
    m'inſpire.

ARIE.

Tu condemnes à tort ſes deſirs Innocens,
Si mes foibles appas ſont ſur toy tout puiſſans:
Si tu crois de mes yeux le trait inéuitable,
Péſes-tu pour m'aymer, que Petus ſoit coupable:
Peux-tu voir mon Eſpoux au rang de mes Amás,
Et blaſmer en autruy tes propres ſentimens :
Quand tu veux condamner ſa paſſion extrême,
Prend brien garde , Ceſar , de t'accuſer toy
    meſme ;
Et iuge par l'amour qui t'enflâme auiourd'huy,
Del'Empire abſolu qu'il peut auoir ſur luy.

NERON.

Souz vn ſi beau pretexte, il ſert mal ſa Patrie.

ARIE.

S'il manque à ſon deuoir pour aymer trop Arie,
Tu le dois excuſer , & tu me dois punir,
C'eſt moy qui dans ces lieux l'ay voulu retenir:
Sur moy donc ſeulement, reiette tout le blâme.

NERON.

Et bien ie te pardonne en faueur de ta femme,
Pour elle ma bonté laiſſe dormir les Loix;
Mais ne m'irrite pas vne ſeconde fois :

Pour reparer ta faute , il faut dedans vne heure,
Que Petus m'obeïsse,& qu'il parte,ou qu'il meure
Si sans respect encore tu me desobeis,
Ouy iatteste les Dieux & iure par Themis :
Que ton dernier Soleil luira sur l'hemisphere,
Et vous conseillez-luy d'éuiter ma colere.

SCENE V.

ARIE, PETVS.

ARIE.

Ie voy que fortement , tu penses cher Espoux,
Qui t'a peû descouurir à ton Riual ialoux.

PETVS.

Ouy cette lascheté me surprend & m'estonne,
Qui peut estre celuy, qu'il faut que i'en soup-
                        çonne;
Quel est cét Ennemy.

ARIE.

Tu ne le peux hayr.

PETVS.

Ie ne dois pas aymer, qui me vient de trahir,
Qui m'a peû voir passer dans cette galerie.

ARIE.

Pour te mettre en repos apprends que c'est Arie.

PETVS.

O Dieux !

ARIE.

Ie tay trahi pour te montrer ma foy,
Et ie t'ay fait l'arbitre entre Neron & moy:

ARIE

Pour de fa flâme iniuſte eſteindre l'eſperance,
Et pouuoir mettre auſſi ta vie en aſſeurance,
Te montrant le peril où tu veux t'engager.

PETVS.

Vn homme comme moy ne craint pas le danger.

ARIE.

Pour cette fois l'amour m'aſſuroit de ta grace,
Vn peril plus preſſant deſormais te menace,
Que tu peux éuiter ; Mais à quoy réues-tu ?
Dans ce preſſant mal'heur que reſout ta vertu,
Tu viens ainſi que moy d'ouyr l'Arreſt barbare,
Qui malgré noſtre amour pour vn temps nous
        ſepare ;
Mais il faut obeïr à ſes iniuſtes loix,
De deux extremitez , il faut faire le choix ,
Il faut quitter le Monde , ou quitter cette ville.

PETVS.

Entre deux maux pareils le choix eſt difficile.

ARIE.

Tu peux par ton courage adoucir noſtre ſort ,
Et l'exil eſt bien doux qui ſauue de la Mort.
Fay donc choix du premier pour finir mes
        alarmes,
Noſtre hymen t'en coniure , & ma crainte, &
        mes larmes:
Si ton cœur eſt ſenſible à mes chaſtes amours,
Fuy de ces triſtes lieux pour conſeruer tes iours.

PETVS.

Mon iniuſte Riual veut que ie t'abandonne,
Pour m'y diſpoſer mieux,il m'offre vne courône.

ARIE.

Il m'offre auſſi ſon Throſne afin de te quitter,
Mais part,& croy que rien ne me ſçauroit tanter,

PETVS.

Me feparant de toy, ie m'arrache à moy-mefme.

ARIE.

Mon cœur fuiura par tout ce cher Efpoux qu'il
          ayme ;
Mais i'efpere qu'vn iour il me fera rendu.
Qui peut tenir encor ton Efprit fufpendu?
Ah ! fi tu ne pars point, ta mort eft affeurée.
Tu ne peux l'éuiter, & Neron la iurée.

PETVS.

La crainte de la mort ne me rend point dou-
          teux ,
En vn homme de cœur, ce penfer eft honteux:
Deux obiets tout puiffans, ma Patrie, & ma
          femme,
Par vn double deuoir ont partagé mon ame;
L'aimable Arie, & Rome, & la gloire, & l'a-
          mour,
Dans mon cœur diuifé commandent tour à
          tour ;
Quand ie iette les yeux au bord de la Tamife,
Où dix mille Romains ont perdu la franchife:
D'vne heroïque ardeur mon Efprit agité,
Pour feruir mon Pays, panche de ce cofté:
Quand ie contemple auffi tes vertus & tes char-
          mes ,
Et que de tes beaux yeux tu fais couler des
          larmes :
Que ie voy qu'vn Tyran à d'iniuftes amours,
Ie quitte la Tamife & vole à ton fecours ;
Et ma foible raifon toufiours irrefoluë,
Sur mes defirs douteux n'eft iamais abfoluë:
Et ce double deuoir qui m'impofe des loix,
M'ofte la liberté de pouuoir faire vn choix.

                              E iij

ARIE.

Si i'ofe fans rougir dire ce que ie penfe,
Ie crain qu'enfin Arie emporte la balance :
Ce n'eſt pas que mes yeux n'afpirent de te voir,
Que tu ne fois ma ioye, & mon vnique efpoir;
Mais ie dois eſtouffer cette cruelle enuie,
Vn plaifir m'eſt trop cher aux defpens de ta vie:
Puifque l'éclat fatal de mes triftes appas,
Au lieu de te feruir, auance ton trefpas;
Ie veux par vne iufte & noble violence,
Te montrer mon amour par vne prompte ab-
        fence:
Ie veux en te fuyant eſtre digne de toy ,
Ceder à ma Riuale en te montrant ma foy;
Ie ne veux point fur Rome emporter l'auãtage,
Er puifque ma prefence amollit ton courage :
Pour te voir faire vn choix digne enfin de Petus,
Ie veux te laiffer feul auec tes vertus.

SCENE V.

PETVS Seul.

Quoy que ie doiue à Rome , & quoy que dife
        Arie,
Ma féme m'eſt plus chere encor que ma Patrie:
Ie ne puis voir fa gloire & mon honneur trahis,
Mes maux me preffent plus que ceux de mon
        pays:
Et le premi er deuoir dans vn mal'heur extrême,
Nous appelle toufiours au fecours de nous
        mefme :

Ie veux donc en prenant ces sentimẽs humains,
Esgaler le renom des plus fameux Romains;
Ie veux dés ce soir mesme acheuer l'entreprise,
Thulle & Bhurrus sont prests, & l'heure est desia
      prise :
Quand ie serois certain d'y trouuer le trespas,
Ma resolution ne se changera pas :
Ie veux brauer la Mort & faire pour Arie,
Tout ce que Regulus a fait pour sa Patrie :
Ie veux luy témoigner la grandeur de ma foy,
Et que Rome auiourd'huy soit Carthage pour
      moy.

ACTE IV.

SCENE PREMIERE.

L'IMPERATRICE, PETRONE, ISMENE.

PETRONE.

 E viens vous tesmoigner mon ref-
　　　pect & mon zele,
Mais pourray-ie en secret vous dire
　　　vne nouuelle.

L'IMPERATRICE.

Laisse moy seule Ismene, & t'éloigne d'icy,
Tu peux en liberté me tirer de soucy:
Car tu peux me parler en toute confidence,
Nous sommes seuls.

PETRONE.

　　　　　　Helas ?

L'IMPERATRICE.

　　　　　　Mais d'où n'aist ton silence,
As-tu changé d'auis , crains-tu de m'obliger.

PETRONE.

Non ie crain de vous perdre & me mettre en
    danger,
Voulant vous découurir vn important myftere.

L'IMPERATRICE.

Croy que ie fuis difcrette,& que ie fçay me taire.

PETRONE.

Mais il faut m'affeurer de n'en parler iamais,
Autrement.

L'IMPERATRICE.

      Ne crain rien , ouy ie te le promets:
I'en attefte les Dieux, parle donc ie te prie.

PETRONE.

Vous fçauez que Cefar foûpire pour Arie.

L'IMPERATRICE.

Ie le fçais ; Mais pourfuis , car tu peux tout ofer.

PETRONE.

Il veut.

L'IMPERATRICE.
Que veut-il ?

PETRONE.
      Il veut.

L'IMPERATRICE.
      Quoy ?

PETRONE.
      L'efpoufer.

L'IMPERATRICE.

L'efpoufer, ô bons Dieux , que viens tu de me
    dire?
Neron veut efleuer ma Riuale à l'Empire?
Il ne peut de l'hymen allumer le flambeau,
Sans me repudier ou me mettre au tombeau.

58 A R I E
PETRONE.

Ie vous ay defcouuert ce fecret d'importance,
C'eft à vous d'en vfer auec grande prudence:
De chercher les moyens d'empefcher vn mal-
    heur,
Qui menace vos iours, & bleffe voftre hon-
    neur.
Ie m'offre à vous feruir dans cette conioncture.
L'IMPERATRICE.

Helas que puis-ie faire en ma trifte auanture,
Si mon iniufte Efpoux me veut manquer de foy.
PETRONE.

Vos auguftes beautez ont tout pouuoir fur moy,
Les plus grands de la Cour font pour vous, con-
    tre Arie,
Qui pour vos interefts expoferont leur vie:
I'en pourrois auec moy faire des coniurez,
Ie feray toufiours preft, & vous y penferez.

S C E N E   I I.

L'IMPERATRICE, feule.

Ah perfide Neron, eft-ce là le falaire,
D'auoir aueuglement tout quitté pour te plaire:
D'auoir abandonné pour te gagner le cœur,
L'hymen & la vertu, mon Efpoux & l'honneur:
Et pour pouuoir entrer dans ta trifte alliance,
Oublié tout deuoir, & toute bien feance :
La lettre de diuorce, & de honteux mépris,
De mon ardente amour, font-ils le digne prix;

Penses-tu lasche Espoux, ame double & pariure,
Que sans ressentiment ie souffre cét iniure:
Ah! si tu ne m'aymois qu'afin de m'outrager,
Crois que ie ne te hay qu'afin de me vanger:
Petrone en mõ mal'heur, me tesmoigne son zele,
Mais dois-ie m'asseurer qu'il peut m'estre fidele:
L'on tient peu dans la Cour ce que l'on a pro-
          mis,
Et qui perd sa faueur n'y trouue plus d'amis :
Ah! c'est trop hazarder son honneur & sa vie,
Que de les confier à la foy d'vn impie :
Peut estre que Neron me l'enuoyoit exprés,
Pour sçauoir mon dessein & m'accuser aprés:
Othon seroit plus propre à seruir ma colere,
Il conserue tousiours le desir de me plaire :
Et quoy que pour le throsne , il m'ait veu le
          trahir,
Ie sçay qu'il m'ayme encor, & ne me peut haïr;
Mais pour perdre Cesar , pour vn si grand ou-
          urage,
Il a beaucoup d'amour , & trop peu de courage:
Et de tous les Romains ie ne voy que Petus,
Qui peut côtre vn Tyran faire armer les vertus:
Il a mesme interest, que celuy qui m'enflâme,
Si l'on m'oste vn Mary, l'on luy rauit sa femme:
Ce vangeur qui rendra nos proiets asseurez,
De tous les Senateurs fera des coniurez :
Il a l'ame hardie, & noble, & grande, & libre,
Mais helas ! il n'est plus au riuage du Tybre:
Ainsi ie voy par tout mon courroux impuisiant,
Othon manque de cœur, & Petus est absent :
Dans mon funeste sort, dans mes tristes alarmes,
Contre vn Espoux ingrat , ie n'ay rien que des
          larmes;

Et si par la pitié ie ne puis l'émouuoir,
Qui sera mon recours, ou sera mon espoir :
O fatales beautez dont i'ay fait tant de comte,
Pourras-tu bien suruiure vn moment à ma
    honte:
Et vous mes tristes yeux dont les brillants re-
    gards,
Ont esleué ma gloire au throsne des Cesars:
Pourrez-vous desormais y voir mon ennemie,
De ce Throsne vsurpé me couurir d'infamie:
Et venir me rauir l'Empire & l'Empereur,
Ce penser seulement me fait fremir d'horreur:
Quoy pourray-ie souffrir cette Riuale vaine,
Le Diademe au front braue sa souueraine :
Qui me doit obeir me donneroit des loix,
Non Sabine plustost doit mourir mille fois.

SCENE III.

ISMENE, L'IMPERATRICE.

ISMENE.

Dieux, d'où peut proceder cette extréme colere,
Que Petrone a-il, dit, qui peut tant vous dé-
    plaire ?
Que vostre Esprit tranquile en deuient furieux,
Ie ne voy rien qu'éclairs qui sortent de vos
    yeux.

L'IMPERATRICE.

Ie suis perduë Ismene, & ma fiere Riuale,
Par sa gloire naissante, à ma gloire est fatale:
Elle oblige Neron à me manquer de foy,
Et triompher de luy, pour triompher de moy.

ISMENE.

L'amour brûle Cesar, d'vne flâme nouuelle,
Et d'vn adorateur, il fait vn infidelle :
Apres vous auoir mis sur son Throsne éclatant,
Cét aueugle Demon en fait vn inconstant.

L'IMPERATRICE.

Ouy, Neron qui m'aymoit auec idolatrie,
Pour moy paroist de glace, & brûle pour Arie.

ISMENE.

Cette chaste beauté, la femme de Petus,
Dont Rome vaute tant la race & les vertus :
Allume dans son sein vne adultere flâme!

L'IMPERATRICE.

Elle est ambiticuse, elle est belle, elle est femme,
Par l'éclat des grandeurs, Cesar sçait l'éblouyr.

ISMENE.

Rauissez-luy ce cœur qu'elle vous veut rauir:
Vous auez tant d'appas, tant d'esprit, tant d'a-
        dresse,
Puis vous estes la femme, elle n'est que Mai-
        stresse.

L'IMPERATRICE.

C'est par là qu'elle plaist, & le nœud coniugal,
Est tout ce qui me perd.

ISMENE.

                    Ce nœud vous est fatal,
Ce discours me surprend, & iay peine à com-
        prendre,
Que l'hymen ne côserue aucun sentiment tédre:

Qu'ils s'oppofe à l'amour, qu'il le veille bannir,
Et diuife les cœurs, luy qui les doit vnir.
L'IMPERATRICE.
La plus rare beauté quand elle eft poffedée,
Efface de l'efprit fon agreable Idée :
Des femmes, les Maris font rarement charmez,
Leurs attraits font fans force, & leurs yeux de-
   farmez:
Celle qui commandoit, apres les nopces prie,
Il n'eft plus de toutnois ny de galanterie:
De flammes, de foupirs, de refpects, ny de Cour,
Et le lict d'hymenée eft le tombeau d'amour:
ISMENE.
Les perfides Maris ont-ils tant d'inconftance.
L'IMPERATRICE.
Helas pour mon mal'heur i'en fais l'experience,
Ma Riuale peut tout fur l'efprit de Cefar,
Et dans fon cœur glacé ie n'ay plus nulle part:
Sans l'hymen mes attraits pourroient auec
   iuftice,
Contre cette beauté paroiftre dans la lice:
La voir fuiure de loing auec quelque mefpris,
Et forcer Cefar mefme à me donner le prix;
Mais Neron la defire, & Neron me poffede,
Et c'eft-là la raifon qui fait que ie luy cede:
Dans mon fort rigoureux, contre tant de mal-
   heurs,
Pour fléchir fõ Efprit, ie n'ay plus que des pleurs;
Mais fi mes triftes pleurs m'empefchent ma dif-
   grace,
Ie veux par vne belle & genereufe audace,
Reprocher à Neron fon infidelité,
Et luy faire vn pourtrait qui ne foit poin
   flatté :

Ouy par des sentimens hardis & magnanimes,
Ie veux pour me vanger , luy reprocher ses cri-
   mes.
ISMENE.
Vous vous perdrez,Madame , en voulant vous
   vanger.
L'IMPERATRICE.
Quiconque perd l'honneur n'a rien à menager.
ISMENE.
Ayez deuant les yeux l'exemple d'Octauie.
L'IMPERATRICE.
Veux-tu que ie conserue vne honteuse vie ;
Non,ie ne puis plus voir le celeste flambeau.
A qui l'on oste vn Throsne , il n'est plus qu'vn
   tombeau.
ISMENE·
Fuiez le desespoir.
L'IMPERATRICE.
            Quoy que tu puisse dire,
Ie veux finir mes iours, ou conseruer l'Empire:
Ouy , ie veux auiourd'huy par vn cœur noble &
   grand ,
Ou fleschir mon Espoux,ou brauer mon Tyran.
ISMENE.
Mais le voyci qui vient ne pensez qu'à luy
   plaire.
L'IMPERATRICE.
Ie m'en vais allumer l'amour ou la colere ;
Et dans l'Auguste rang ou le destin ma mis,
Perir ou voir perir mes lasches ennemis.

SCENE IV.

NERON, PETRONE, L'IMPERATRICE, ISMENE.

NERON à Petrone.

Sabine vient icy me faire vne querelle,
Retire-toy Petrone, & me laisse auec elle:
Cache-toy quelque part pour pouuoir écouter,
Tout ce que son despit luy va faire éclater.

SCENE V.

SCENE V.

L'IMPERATRICE, NERON.

L'IMPERATRICE.

Il court vn bruit dans Rome , & que ie ne puis croire ,
Qui bleffe mon honneur,& fait tort à ta gloire,
NERON.
Quel eft ce bruit fatal qu'on ofe publier.
L'IMPERATRICE.
Que Cefar a deffein de me repudier.
NERON.
Ce bruit-là n'eft pas faux.
L'IMPERATRICE.
   Dieux ! que vien-ie d'entendre,
Quoy , du Throfne , Cefar me voudroit voir defcendre:
Qui me confolera dans ma iufte douleur,
A qui me dos-ie plaindre , en vn fi grand mal-heur :
Si c'eft mon propre Efpoux , qui me fait cette iniure.
NERON.
Ne t'en plains qu'à toy mefme, accufe la Na-ture ,
Qui fay moins voir en toy de grace & de ver-tus,

F

Que n'en montre à mes yeux la femme de
      Petus.
L'IMPERATRICE.
C'eſt donc elle auiourd'huy qui cauſe ma diſ-
      grace,
C'eſt ce ſuperbe Eſprit, qui veut prendre ma
      place:
Qui par ſon artifice & ſa feinte pudeur,
Veut me priuer du Throſne, & me rauir ton
      cœur.
N E R O N.
Ce cœur que tu rauis à l'Illuſtre Octauie,
Amour le redemande, & le veut pour Arie.
L'IMPERATRICE.
Si la triſte Sabine eſt pour toy ſans appas,
De meſme qu'Octauie, elle veut le treſpas:
Comme au throſne, au cercueil ie ſuis preſt à la
      ſuiure,
A ton amour eſteint, ie ne ſçaurois ſuruiure:
Redonne moy cruel, le throſne & ton amour,
Et rend moy l'vn & l'autre, ou me priue du
      iour:
Prend pitié de mes maux, & voy couler mes
      larmes.
N E R O N.
Tes appas ſeducteurs n'ont plus pour moy de
      charmes.
L'IMPERATRICE.
Si ton cœur inſenſible eſt plus dur qu'vn rocher,
Et ſi mes tendres pleurs ne le peuuent toucher:
Par ton propre intereſt empeſche ma diſgrace,
Conſerue mon honneur pour conſeruer ta race:
Ah! ie ſens de douleur mes eſprits abbatus.

NERON.

Ne crois pas me fléchir par tes feintes vertus,
Non plus que par tes pleurs, car i'en connois les
    ruſes.

L'IMPERATRICE.

De quel crime, barbare, eſt-ce que tu m'accuſes,
Pour me vouloir priuer du Throſne & de ton
    lict.

NERON.

Ton innocence eſt grande, & me rend interdit.

L'IMPERATRICE.

Que peut enfin Neron reprocher à Sabine.

NERON.

Elle eſt toute parfaite. elle eſt toute diuine:
Tous les ans de l'hyuer allumer le flambeau,
A chaque Conſulat prendre vn Eſpoux nouueau:
En auoir trois viuans enſemble en moins d'vn
    luſtre,
Rufus, Othon & moy, c'eſt pour ſe rendre
    illuſtre.
Cette grande Heroïne imitte les Heros,
Et l'amour du public luy rauit le repos.
Le premier des Ceſars que l'Vniuers renomme,
Ne fut pas tant aimé, ny n'ayma tãt dans Rome.
Elle reſpend par tout ſes amoureux regards,
Et craint de voir manquer la race des Ceſars.

L'IMPERATRICE.

De l'honneur qu'on me fait, ie ne ſuis pas in-
    grate,
Et ie veux à mon tour que ta loüange éclatte:
Il n'eſt pas malaiſé, car pour louer Ceſar,
Le ſujet eſt ſi beau qu'il n'a pas beſoin d'art
Iamais Demetrius de la Cité d'Athene,
Auecque tant d'éclat, ne parut ſur la Scene:

C'est le plus grand Heros qui soit souz le Soleil,
Pour ioüer de la Lyre il n'a point son pareil :
Pour gouuerner l'Estat en sage Polytique,
Il a la voix diuine & sçait bien la Musique.

NERON.

Tu ne sçais pas assez l'excellence des Arts ,
Pour pouuoir discourir du deuoir des Cesars:
Les Grecs les plus fameur par leurs faits he-
     roïques,
Ont couru dans vn Char , dans les ieux Olim-
     piques ;
Sophocle, le premier chez les Atheniens ,
Disputa sur la Sçene auec ses Cytoiens:
Et le Prince de Thrace au doux son de sa lyre,
Soûmit vn peuple libre aux loix de son Empire;
l'imite sans rougir ces illustres Esprits.

L'IMPERATRICE.

Ces Grecs si renommez par leurs diuins es-
     crits,
N'auoient pas comme toy des flatteurs à leurs
     gages,
Pour loüer laschement leur voix & leurs ou-
     urages:
Ny des soldats armez autour des échaffaux ,
Pour forcer le public d'admirer leurs deffaux:
Et se faire nommer comme tu fais au Cirque ,
Voix Celeste, Apollon, Pythien, Olympique;
Mais tu ne serois pas l'horreur de l'Vniuers,
Si ton seul crime estoit de reciter des vers;
Et le peuple Romain ne se feroit que rire,
De se voir gouuerner par vn ioüeur de Lire:
Si tu n'inondois Rome au milieu de tes ieux ,
Dans des fleuues de sang , & de torrens de feux:
De ces lugubres feux, tu fais tes feux de ioye,

Et chante sur vn luth l'embrasement de Troye:
Par ton regne odieux , tes lasches actions,
Tu fais des veritez des tristes fictions:
Par plus d'vn parricide,& par plus d'vn inceste,
Ta vie imitte Edippe, Atrée, Egiste, Oreste:
Ton humeur sanguinaire & ta noire fureur,
Font de tout l'Vniuers vn theatre d'horreur:
Et le diuin Hercule aux Monstres redoutable,
Dans ses douze trauaux n'a point veu ton sem-
    blable:

NERON.

Ah c'est trop , outrager mon extrême bonté.

L'IMPERATRICE.

Ie me plaist d'irriter encor ta cruauté:
Tyran suy ton humeur , & reprens ta colere ,
Ioins ton fils à ton frere , & ta femmme à ta
    mere:
Pour ne rien épargner , pour détruire l'estat,
A ta famille esteinte adioûte le Senat:
Sans respecter les Dieux dans ta fureur impie,
Des Pontifes sacrez abrege encor la vie:
Massacre ces vieillards aux yeux des immortels,
De ce sang precieux fais rougir leurs Autels;
Et deuenu l'horreur du Ciel & de la Terre,
Tombe dans les Enfers par vn coup de ton-
    nerre:
Et que la foudre soit le prix de tes forfaits,
Ce sont la mes desirs & les vœux que ie faits.

NERON.

Toy mesme tu seras ma premiere victime.

L'IMPERATRICE.

Haste-toy donc de faire vn coup si magnanime,
Et croy que ie verray le trespas sans effroy,
Qui me desliurera d'vn monstre tel que toy.

ACTE V.

SCENE PREMIERE.

PETRONE, OTHON, TIGILLN.

PETRONE.

'Imperatrice est morte, & cette mort
    fatale,
A l'Empire du Monde éleue sa Ri-
    uale.

OTHON.

Par bon-heur ie venois de sortir de ces lieux,
Au moment que la mort luy vint fermer les
    yeux ;
Ie n'aurois pas peu voir éteindre tant de char-
    mes ,
Sans ietter des soûpirs , & sans verser des lar-
    mes ;
Mais Neron ne veut pas que l'on pleure le sort,
De ceux que sa rigueur precipite à la mort.

La beauté de Sabine, & ses ieunes années,
Me font plaindre en secret ses tristes destinées.
PETRONE.
Si l'Empereur, pour elle eût trop de cruauté,
Elle eut trop d'imprudence & de temerité;
Et Sabine entassant iniure sur iniure,
La forcé malgré luy d'ouurir sa sepulture;
Vn coup dans sa colere échappe par mal-heur,
Et termine ses iours dans leur plus belles fleurs.
Cette orgueilleuse Espouse estoit lasse de viure,
Au lieu de l'irriter, au lieu de le poursuiure;
Il falloit l'éuiter & le laisser en paix.
OTHON.
L'iniure faitte au cirque à ses diuins attraits,
Et la honte sur tout d'estre repudiée,
D'vne siere beauté ne peut estre oubliée:
Sabine a mieux aimé descendre au monument,
que de paroistre lasche & sans ressentiment.
Comme d'vn precipice on tombe en vn abisme,
Vn crime tout de mesme, attire vn autre crime;
Petus est à la mort, par Neron destiné,
Il doit suiure Sabine, & l'ordre en est donné.
PETRONE.
Viens-tu de chés Arie.
OTHON.
      Ouy i'en sors tout à l'heure,
Pison portoit cét ordre, & Cesar veut qu'il
    meure.
PETRONE.
Le Mespris qu'il a fait de son commandement,
Attire sur sa teste vn iuste chastiment:

ARIE

SCENE II.

NERON, OTHON, PETRONE.

NERON.

Et bien viens-tu de chés Arie,
Mon ordre est-il donné.

OTHON.

Le Tribun la porté,
Et ton ordre dans peu, doit estre executé,

NERON.

Petus voit-il la mort en homme de courage?

OTHON.

Il en voit l'appareil sans changer de visage:
Par ton commandement aussi-tost que Pison,
Luy vint donner le choix du fer ou du Poison:
Sans paroistre estonné, sans auoir l'ame Esmene,
Sur ces tristes obiets il arresta sa veuë:
Et luy dit d'vn ton fier, ces presens que ie voy,
Sont dignes de Neron aussi bien que de moy:
puis qu'entre ces deux biés, i'ay liberté d'Eslire,
Pour pouuoir promptemét sortir de son Empire:
Ie choisis le poignard plustost que le Poison;
Lors les soldats, sa femme & Seneque & Pison,
L'ont suiui tous ensemble en cette gallerie,
Où Petus doit mourir.

NERON.

Mais que tesmoigné Arie.

OTHON.

Elle paroist resueuse, & ne tesmoigne rien.

NERON.

NERON.

Elle ayme peu Petus, ou diſſimule bien;
As-tu peû dans ce temps adroitement luy dire,
Que mon amour la veut eſleuer à l'Empire.
OTHON.

Ouy, i'ay dit, que Ceſar luy fera cét honneur,
Son teint à ce diſcours, a changé de couleur.
NERON.

Croy-tu qu'elle l'accepte enfin , & qu'elle
m'ayme?
OTHON.

Elle pourra, Ceſar, vous le dire elle meſme,
Elle vient.
NERON.

Elle veut adoucir ma rigueur,
L'occaſion eſt propre à luy gagner le cœur,
Il faut bien s'en ſeruir.

SCENE III.

NERON, OTHON, ARIE.

ARIE.

Sans que i'ouure la bouche,
Tu ſçais mes deſplaiſirs & l'ẽnuy qui me touche,
Et tu n'ignore pas embraſſant tes genoux,
Que ie viens demander la grace d'vn Eſpoux;
Si mes foibles beautez ont pour toy quelques
charmes,
Accorde donc, Ceſar, cette grace à mes larmes.
NERON.

Pouuant tout obtenir, tu peux tout demander,
Et malgré mes ſermens ie veux tout accorder;

G

Il est iuste auiourd'huy qu'vn Amãt qui t'adore,
Finisse promptement l'ennuy qui te deuore;
Mais pour ne me pas perdre en sauuãt mõ Riual,
Et luy causer vn bien pour me causer vn mal;
Que Petus rompe donc le beau nœud qui te lie,
C'est l'vnique moyen de luy sauuer la vie;
Fais l'y donc consentir pour empescher sa mort.

A R I E.

Petus mourra pluftoft que de me faire tort;
Et i'aurois peu d'hõneur & paroiftrois peu sage,
Si ie luy conseillois de me faire vn outrage;
De ta grace Cesar, mon esprit est confus,
Et ie rougirois moins en souffrant vn refus.

N E R O N.

Il faut que ton Espoux rompe son hymenée,
Ou finisse auiourd'huy sa triste destinée;
Sa mort est resolue & ne m'en parle plus,
Si tu ne veux rougir par vn second refus.

A R I E.

Quoy! ie n'obtiendray point ma demande équitable.

N E R O N.

Amour vers mon Riual me rend impitoyable.

A R I E.

Est-ce la cét amant & cét adorateur,
Non c'est mon ennemy, c'est mon persecuteur;
Qui laissant la iustice & l'honneur en arriere,
Est aueugle à mes pleurs, & sourd à ma priere;
Quitte le nom d'Auguste, ou redeuien clement,
Cesse d'estre cruel, ou cesse d'estre Amant;
Ah! barbare Empereur, tu connois mal Arie,
D'oser la refuser, alors qu'elle te prie ;
Vne noble fureur vient m'échauffer le sein,
Qui me rend inhumaine enuers vn inhumain:

Du throſne de l'amour, dont mon œil te menace,
Ie te verray perir ſans te faire de grace;
Non, n'eſpere iamais de fléchir mon orgueil,
Si tu ne garantis mon Eſpoux du cercueil.
Ie ſçay bien que Ceſar regne dans cét Empire;
Mais ie ſçay que Ceſar dans mes liens ſoûpire:
N'attends donc, s'il eſt vray que ie regne en ton
       cœur,
Que mépris pour mépris, & rigueur pour rigueur.

NERON.

Belle & charmante Arie, appaiſe ta colere,
La grace que tu veux, à toy meſme eſt contraire:
Car ſans perdre celuy que tu voudrois ſauuer,
Aux faiſtes des grandeurs ie ne puis t'eſleuer;
L'amour a fait pour toy perir l'Imperatrice,
Ce meſme amour demande encor vn Sacrifice:
Et pour voir dans ma Cour couróner tes veitus,
Ce Dieu veut aſſembler & Sabine & Petus:
Laiſſe deſcendre donc ces deux ialouſes ombres,
Dans les Royaumes vains, ſur les riuages ſóbres,
Tandis qu'Arie & Moy dans ces aimables lieux,
Iouyrons en repos d'vn deſtin glorieux.

ARIE.

Sans obſcurcir ſa gloire, vne ame genereuſe,
Par le mal-heur d'autruy pourroit-elle eſtre
      heureuſe?

NERON.

Deſtournes-en les yeux, au lieu d'y prendre part,
Et penſe à deuenir compagne de Ceſar.

ARIE.

Oſeray-ie traiter vn nouuel hymenée,
Dans le temps qu'vn Eſpoux finit ſa deſtinée.

NERON.

Auant que noſtre hymen couronne nos amours,

Pour regretter Petus, ie te donne vingt iours;
Mais au bout de ce temps rends à l'amour iustice,
Et viens prédre en public le nom d'Imperatrice.

ARIE.

Apres auoir en vain tâché de t'émouuoir,
Et fait tout ce que veut l'honneur & le deuoir;
Ie m'en vais sur moy-mesme emporter la vi-
    ctoire ,
Ie m'en vais pour m'ouurir le chemin à la gloire,
Et disposer Petus à suiure ton dessein,
A mespriser la mort & mourir en Romain.

SCENE IV.

NERON, OTHON, PETRONE.

NERON.

Si mon espoir n'est vain, ie croy que cette amáte,
Veut estre desormais à mes vœux complaisante;
Parlez-moy franchement, qu'en croyez-vous
    tous deux ?

TIGILLIN.

Ie pense qu'elle t'ayme, & veut ce que tu veux.

PETRONE..

Par ses derniers discours elle le fait bien croire;
Ie m'en vais pour m'ouurir le chemin à la gloire,
Si ton seul hymen est ce chemin glorieux,
Cette fiere beauté n'a peû s'expliquer mieux.

NERON.

Dabord elle a montré beaucoup de violence,
Et d'amour pour Petus.

PETRONE.

                    C'estoit par bien seance ;

Et lors qu'à tes defirs l'on la veu refifter,
Elle diffimuloit pour les mieux augmenter.
TIGILLIN.
Sa generofité n'eftoit qu'vn artifice,
Puis qu'elle s'eft renduë au nom d'Imperatrice;
A ce beau nom l'amour a flefchy fa rigueur,
Et fait voir fur fon front les flâmes de fon cœur.
PETRONE.
Pour prendre auec ce fexe vne regle certaine,
Il faut croire toufiours que toute féme eft vaine,
Que l'éclat des grandeurs éblouït leurs Efprits;
Et que de la plus fiere vn Empire eft le prix.
TIGILLIN.
Pour t'en donner Cefar, vn exemple femblable,
Quand pour rédre Sabine à tes vœux fauorable:
Ton amour luy promit les fouuerains honneurs,
Elle fut voir Othon les yeux baignez de pleurs;
Luy dit que tu voulois rompre fon hymenée,
Et qu'elle finiroit pluftoft fa deftinée,
Que d'en aymer vn autre & le quitter iamais;
Mais ton hymé faifoit fes plus ardents fouhaits:
Ie croy que dans fon cœur Arie agit de mefme,
Et brule de porter le facré Diademe.
PETRONE.
Elle a cette penfée, il n'en faut point douter,
Au Throfne des Cefars elle afpire à monter.
NERON.
Puifque fans me flatter d'vne vaine efperance,
Vous croyez que mes feux aurốt leur recốpenfe;
Ie veux m'abandonner aux trấfports amoureux,
Que reffết vn Amất, qu'Amour va rédre heureux:
Iamais quoy qu'on ait dit, le beau Pafteur de
    Troye,
N'enleua chez les Grecs vne fi belle proye:
G   iij

Que l'illuftre beauté dont mon cœur eſt eſpris,
Arie efface Helene, & i'efface Paris:
Petus ſeruoit d'obſtacle à ma flâme immortelle,
Mais bien-toſt de ſa mort i'apprendray la nou-
　　uelle :
Car ſon appartement eſt tout proche d'icy.

PETRONE.

Quelques momens, Ceſar, finiront ton ſoucy.

NERON.

Sa femme dont mon ame eſt viuement bleſſée,
Plus agreablement occupe ma penſée ;
Les vingt iours accordez à ſes feints déplaiſirs,
Sont vn terme bien long à mes ardents deſirs:
Pour charmer mes ennuis & mon impatience,
Ie penſe à donner ordre à la magnificence:
Qui ce temps expiré par vn ſacré lien,
Doit vnir pour iamais ſon ſort auec le mien.

PETRONE.

Il faut que cét hymen pour eſtre magnifique,
Surpaſſe s'il ſe peut, ce qui s'eſt fait au Cirque.

NERON.

Ie veux voir en public ſes illuſtres beautez,
Dans vn ſuperbe Char briller à mes coſtez ;
Ie veux pour honorer ſes vertus ſans égalles,
Que le Senat en corps, & le chœur des Veſtalles,
La conduiſent en Pompe au Temple de Iunon,
Et que l'on chante vn hymne en l'honneur de
　　ſon nom:
Qu'apres au Capitole elle ſoit couronnée,
Et ſur les bords du Tybre en triomphe menée:
Ie veux pour la combler de gloire & de plaiſirs,
Que les felicitez preuiennent ſes deſirs ;
Qu'elle ait ſur l'Auentin vne maiſon ſacrée,
Que de tous mes ſuiets elle ſoit adorée ;

Et qu'à Rome à iamais on feste ce beau iour,
Qu'elle parut sensible à mon ardente amour:
Ie veux qu'on m'obeisse, & que tout s'y dispose.
                TIGILLIN.
Seneque vient icy t'annoncer quelque chose.
                NERON.
Auecque son chagrin, & ses sombres vertus,
Il me vient annoncer le trespas de Petus.
                PETRONE.
Il fait voir sur son front vne grande tristesse.
                NERON.
Il est dans cette mort le seul qui s'interesse.

SCENE derniere.

NERON, SENEQVE, OTHON PETRONE, PISON.

SENEQVE.

Cesar, Petus est mort.
                NERON.
                        Et bien i'en suis rauy.
                SENEQVE.
Mais !

                NERON.
        Quoy ?
                SENEQVE.
Dans le tombeau sa femme la suiuy.
                NERON.
Sa femme la suiuy, que viens-tu de me dire,
Mon Esprit en fremit & mon cœur en soûpire;

Ah funeste mal-heur ! ah fatalles amours ;
Elle est morte!

S E N E Q V E.

Elle mesme elle a borné ses iours.

N E R O N.

Cette rare merueille icy bas sans seconde,
A preferé la mort à l'Empire du monde :
Seneque dis-tu vray, ne te trompe-tu pas ?

S E N E Q V E.

Non Cesar, elle vient d'expirer dans mes bras.

N E R O N.

Mais toy qui pouuois tout dessus l'Esprit d'Arie,
N'as-tu peû, n'as-tu peû diuertir sa furie ?
Le Tribun, les Soldats n'ont-ils peû l'empescher,
De me priuer d'vn bien que ie tenois si cher?
Et rauir à la mort vne si belle proye.

S E N E Q V E.

Elle nous trompa tous par vne feinte ioye;
Et sa fiere vertu pour nous mieux deceuoir,
Dessous vn front riant cachoit son desespoir.

N E R O N, s'addresse à Tigillin &
à Petrone.

O vous dont, les discours remplis de flatterie,
M'asseuroient de l'amour que me portoit Arie?
Voyez où m'ont reduit vos entretiens flatteurs:
O lasches courtisans ! ô cruels imposteurs,
Vous ne meritez pas que le iour vous éclaire;
Allez retirez-vous, redoutez ma colere:
Fuitez les transports d'vn Amant furieux,
Et ne presentez plus vos crimes à mes yeux.

S E N E Q V E.

Pour chasser de la Cour ces execrables Pestes,
I'ay moy mesme annoncé ces nouuelles funestes.

Et ie faits doublement triompher les vertus,
Ie perds mes ennemis, & ie vange Petus.
                NERON.
N'ay-ie pas iustement esloigné ces perfides.
                SENEQVE.
De la charmante Arie ils sont les homicides;
Pour leur mauuais conseil & pour leur lascheté,
Ils souffrêt moins encor qu'ils n'auoient merité.
                NERON.
Toy que seul en ma Cour ie reconnois fidele,
Seneque en mon besoin tesmoigne moy ton
            zele:
Ne m'abandonne pas aux rigueurs de mon sort,
Et fais moy le recit de cette triste mort :
Dy moy comme expira cette belle Inhumaine.
                SENEQVE.
Ce discours ne feroit qu'augméter vostre peine.
                NERON.
Ie n'en puis ouïr d'autre en l'estat où ie suis;
Raconte moy donc tout; ie le veux.
                SENEQVE.
            I'obeis,
Si tost que cette Espouse illustre en sa constance,
Eut vainement Cesar imploré ta clemence:
Son amour dans son cœur rassembla ses vertus,
Et d'vn pas diligent vient retrouuer Petus:
Elle court au trespas, ou plustost elle y vole,
Comme vn victorieux qui monte au Capitole:
Parlant à son Mary d'vn ton, & graue, & doux,
Ie n'ay rien obtenu, dit-elle, cher Espoux:
Mais si Cesar pour toy paroist inexorable,
Les Dieux t'ont regardé d'vn regard fauorable;
Ils veulent t'arracher de ces barbares lieux,
Pour te faire iouyr d'vn sort plus glorieux:

Obeïs à leur ordre, accomplis leur enuie,
Et fais voir ton courage en mefprifant la vie:
Lors Petus luy refpond d'vn vifage conftant,
Ie m'en vais auec ioye où le deftin m'attend:
Le feul regret que i'ay, c'eft de quitter Arie,
Il s'eftoit retiré dans cette galerie,
Où l'Art ingenieux par de fçauantes mains,
Nous a fait les pourtraits des plus fameux Ro-
    mains:
Là Regulus eft peint, l'vn & l'autre Decie,
Dans ces tableaux facrez eft la fiere Porcie:
Qui parmy ces Heros voit fon illuftre Efpoux,
Et le diuin Caton le plus fameux de tous;
Qui bruflant de hafter fes nobles funerailles,
Auec fes propres mains defchire fes entrailles:
Et braue le trefpas d'vn air fi glorieux,
Que d'admiration il fait tranfir les Dieux.
Petus arreftant l'œil fur fa fanglante Image,
Veut par ce grand exemple animer fon courage,
En tenant fierement vn poignard à la main,
Sans changer de couleur le tourne vers fon fein;
Mais voulant en mourant ietter l'œil fur Arie,
Trois fois ce doux obiet arrefte fa furie,:
Et l'amour qui s'oppofe à fon cruel effort,
Combat auec fes traits contre ceux de la mort.
Elle qui s'appercoit que fon Efpoux fidele,
Ne peut d'excez d'amour viure ou mourir fans.
    elle:
Et tafche à fuiure en vain Caton dans le tom-
    beau,
Lui veut donner encor vn exemple plus beau;
Et tirant vn poignart qu'en fecret elle porte,
Dans vn Sexe craintif fait voir vne ame forte;
Elle ouure fon beau fein le temple des vertus,

Et son genereux sang reiailit sur Petus.

NERON.

Helas!

SENEQVE.

Petus surpris d'vn coup si magnanime,
Au lieu de la loüer luy reproche son crime ;
Et luy dit, quoy, veux tu t'ouurant le monu-
    ment,
Qu'auiourd'huy ton Espoux expire double-
    ment?
N'estoit-ce pas assez de voir ma tombe ouuerte,
Sans m'obliger encor à regretter ta perte;
Falloit-il m'accabler par ce mal-heur fatal?
Ce coup mon cher Espoux, ne m'a point fait de
    mal:
Respond la sage Arie, & nostre amitié rare,
Doit vnir nos deux cœurs, alors qu'on nous se-
    pare:
Et si ie dois souffrir quelque mal icy bas,
Ce n'est que par le coup que tu te donneras ;
Mon ame est tellemét transformée en la tienne,
Que ie sens ta douleur & ne sens pas la mienne;
Et finissant ces mots par vn graue souris,
De son timide Espoux r'asseure les Esprits.
Luy qui voit sa vertu, l'admire & la contemple,
Et trop persuadé par vn si bel exemple:
De ce mesme poignart il se sert à son tour,
Et finit d'vn seul coup sa vie & son amour.
Arie en est esmeuë, & fremit & s'estonne,
Elle sent viuement le grand coup qu'il se donne;
Son Esprit en gemit, son cœur en est attaint,
Et l'on en voit pâlir les roses de son teint:
Par d'amoureux soûpirs, & par vn adieu tendre,
Elle parle à Petus qui ne peut plus l'entendre.

Coniure fon Efpoux de l'attendre vn moment,
Pour defcendre auec luy dans le noir monu-
  ment:
Par fes triftes fanglots auec fa voix plaintiue,
Elle veut retenir fon ombre fugitiue;
Et fon œil prefque efteint à peine s'entr-ouurant
Sur Petus des-ia mort iette vn regard mourant:
Et l'ame de douleur & d'ennuis abbatuë,
La mort cede à l'amour, & c'eft luy qui la tuë,

N E R O N.

Ah vertucufe Arie ! ah genereux Petus!
Que vous auez montré d'amour & de vertus ;
Mais ie ne fçaurois voir voftre gloire infinie,
Sans m'accufer auffi de trop de tyrannie :
I'ay le cœur tout percé de traits de la pitié,
De voir tant d'infortune auec tant d'amitié;
Mais ces Illuftres morts, ces Efpoux magna-
  nimes,
Dans mon efprit troublè rappellent tous mes
  crimes:
Ils tirent de l'oubly tous les maux que i'ay faits,
Et peignent à mes yeux mes enormes forfaits;
Apres auoir commis vn acte fi barbare,
Ie fens que ma raifon m'abandonne & s'égare:
Et mon Efprit remply de crainte & de fureur,
Ne voit autour de moy que des objets d'hor-
  reur :
Sabine, pour troubler mon ame efpouuantée,
Vient plaindre dans ces lieux fa mort preci-
  pitée :
Ie l'entends qui gemit dans l'ombre de la nuit,
Et i'apperçoy de loing ma mere qui la fuit:
L'eftomach entr'ouuert & l'œil encor humide,
Qui reproche à ma main cét affreux parricide;

Ie voy Britannicus tel que dans ce festin,
Où le poison finit son mal-heureux destin:
Qui m'imputant sa mort, & celle d'Octauie,
Vient me redemander & l'Empire & la vie:
Mais qu'apperçoy-ie encor dans ce nuage épaix,
Qu'elle est cette beauté si brillante d'attraits :
Ah! ie la reconnois ! c'est la diuine Arie,
Qui vient du clair Olimpe aux beaux champs
       d'Hesperie:
Arreste belle Arie, arreste icy tes pas;
Mais elle se détourne , & ne m'escoute pas :
Ie la voy qui descend en la nuit éternelle ,
Et l'amour tout sanglant qui s'enfuit auec elle:
Mon amante, & ce Dieu chez les ombres errans,
Esprouuent les Enfers plus doux que les Ty-
       rans ;
Mais la Terre s'entr-ouure , & l'Olimpe s'al-
       lume,
I'entends vn bruit au Ciel plus grand que de
       coustume :
La voix de Iupiter retentit dans les airs ,
Et ie le voy luy mesme enuironné d'éclairs;
Ie le voy qui s'appreste à me reduire en poudre,
Vn monstre comme moy merite vn coup de
       foudre :
Pour montrer aux Tyrans qu'il est la haut des
       Dieux,
Iupiter fait tomber la vangeance des Cieux ;
Il destourne son bras , & sa rouge tempeste,
Se perd sur les rochers pour espagner ma teste.

SENEQVE.

De ce puissant remord les Dieux sont satisfaits,
Et ce grand repantir efface tes forfaits :

Calme donc ta fureur, puifque la Prouidence,
Pour le mal fans remede a fait la patience.

 NERON.
Ne me confole point apres cét attentat,
Ie fuis mon ennemy comme de cét Eftat :
Apres la trifte mort d'vne Amante fi chere,
Ie ne puis iuftement voir encor la Lumiere :
Loin de finir mes maux ie les veux augmenter,
Irriter ma douleur au lieu de la flater,
Sans adoucir mon deuil par de vains artifices,
Ie veux contre moy mefme inuenter des fup-
　　　　　plices :
Par les eaux, ou les feux, le fer ou le Poifon,
A tous mes ennemis ie veux faire raifon ;
Pour appaifer fur tout la belle ombre d'Arie,
Ie veux m'abandonner à ma noire furie ;
Et dans ma rage enfin, ie m'en vais faire voir,
Tout ce que peut l'amour auec le defefpoir.

F I N.